河東先生集

2

［唐］柳宗元 撰

明嘉靖濟美堂本

讀者出版社

河東先生集卷第七

釋教碑銘

南嶽雲峯寺和尚碑

（南嶽衡山也在衡州按塔銘和尚死於貞元十七年九月葬以十月其年秋公方謫藍田尉此碑及塔銘皆同時作）

乾元元年其月日（乾元肅宗年號元年歲在戊戌）皇帝曰予欲俾慈仁怡愉洽于生人惟浮圖道允迪乃命五嶽求厥元德以儀于下（儀謂表儀）惟兹嶽上于尚書其首曰雲峯大師法證凡蒞事五十

年貞元十七年乃没其徒曰詮曰遠曰振曰巽曰素凡三千餘人其長老咸來言曰吾師軌行峻特軌法也又說文云車轍也○軌居洧切器宇弘大有來受律者吾師示之以爲尊嚴整齊明列義類而人知其所不爲有來求道者吾師示之以爲高廣通達一其空有而人知其所必至元臣碩老稽首受教髫童毀齒髫童子垂髮貌說文云齒毀齒也男八月而齒生八歲而齔女七月而齒生七歲而齔○髫音迢踴躍執役故從吾師之命而度者凡五萬人吾師冬

不燠裘燠乙六遇二切威饑不豐食每歲會其類讀群經俾聖言畢出有以見其大又率其作伐木輦土作佛塔廟洎經典俾像法益廣有以見其用將沒告門人曰吾自始學至去世未嘗有作焉然後知其動無不虛靜無不爲生而未始來歿而未始往也二而下或有二知字其道備矣願刻山石知教之所以大其詞曰

師之教尊嚴有耀恭天子之詔維大中以告後學是效師之德簡峻淵默柔惠以直渙焉

而不積同焉而皆得茲道惟則師之功勤勞
以庸維奥祕必通以興祠宮遐邇攸從師之
族由虢而郭周武王封文王弟虢叔於西虢平王東遷奪虢叔之地與鄭武
公求虢叔之裔孫序封於陽虢曰郭公虢謂之郭聲之轉也世德有奕從
佛于釋師之壽七十有八維終始罔缺丕冒
遺烈厥徒蒸蒸維大敎是膺維憲言是徵溥
博恢弘如川之增如雲之興如嶽之不崩終
古其承之

南嶽雲峯和尚塔銘

雲峯和尚族郭氏號法證爲竺乾道五十有七年年七十有八貞元十七年九月十七日終十月二十七日葬凡度學者五萬人（一有爲字）弟子者三千人色厲而仁行峻而周道廣而不尤功高而不有毅然居山之北峯以爲儀表世之所謂賢人大臣者至南方咸所嚴事由其内者聞大師之言律義莫不震動悼懼如聽誓命（此即前碑所云有來受律者吾師示之以尊嚴整齊明列義類而人知其所不爲也）由其外者聞大師之稱道要莫不悽

欷欣踴欷音希如獲肆宥此即前碑所云有來求道者吾師示之以高廣通達一其空有而人知其所必至也故時推人師則專其首詔求教宗則冠其位披山伐木崇構法宇則地得其勝捐衣去食廣閱群經則理得其深其道實勤而其心無求自大師化去教亦隨衰嗚呼大師之葬門人慕號長老愁痛遂相與以爲茲塔礱石峻整植木蓊茂蓊草木盛貌○蓊烏孔切又音翁又凡衡山無與爲比者然而未有能紀其事余既與大乘師重巽遊巽其徒也亟爲

余言故爲其銘銘曰

苞元極兮韜大方威而仁兮幽以光行峻潔兮貌齋莊氣混濵兮德洋洋演大律兮離毫芒度羣有兮耀柔剛棟宇立兮像法彰文字闡兮聖言揚闡齒善切詔褒列兮宅南方道之廣兮用其常後是式兮宜久長閟靈室兮記崇岡即玄石兮垂文章學者慕兮哀無疆

南嶽般舟和尚第二碑公嘗作南岳彌陀和尚碑謂代宗時有僧法照言其師南嶽大長老有異德天子禮焉名

毗尼律也
比丘梵言乞
士也上乞法
於諸佛下乞
食於施主

其居曰般舟道場與此碑合按碑云前永州司馬員外置柳宗元撰并書元和三年十月二十九日僧景秀立刻者林潟

佛法至于衡山及津大師始修起律教由其壇場而出者爲得正法其大弟子曰日悟和尚盡得師之道次補其處爲浮圖者宗世家于零陵蔣姓也和尚心大而行密體卑而道尊以爲由定發惠必用毗尼爲之室宇遂執業於東林恩大師究觀祕義乃歸傳教不視文字懸判深微登壇莅事度比丘衆凡歲千

人者三十有七而道不圓以爲去凡即聖必
以三昧爲之軌道遂服勤於紫霄遠大師修
明要奥得以觀佛浩入性海洞開真源（碑本作廓開真源）
道場專精長跪右遶（碑本無長跪二字）不衡不
倚（碑本無不衡二字）凡七日者百有二十而志不衰
初開元中詔定制度師乃居本郡龍興寺肅
宗制天下名山置大德七人玆嶽尤重推擇
居首師乃即崇嶺是作精室闢林莽（碑本作斬林莽）
刳巖巒（巒山小而銳曰巒○巒音鸞）殿舍宏大廊廡修直（說文
言

大藏有般舟三昧經云一心念佛若一日晝夜若七日七夜又云經行不得休息不得坐三月速得見三昧

人

廡堂下周屋不命而獻力不祈而薦貨凡南○廡音武方顓念佛三昧者顓音專必由於是命曰般舟臺焉和尚生十三年而始出家又九年而受具戒又十年而處壇場碑本處作居又三十七年而當貞元二十年正月十七日化于茲室嗚呼無得而修故念爲實相不取於法故律爲大乘壞衣不飾揣食不味揣聚貌○揣徒官切覆薦服役凡出於生物者擯而勿用不自知其慈攝取調御凡歸於正真者動而成羣不自知其

敎萬行方厲一性恒如寂用之涯不可得也
有弟子曰景秀嗣居法會欲廣其師之德延
于罔極故申明陳辭俾刋之茲碑銘曰
像敎南被及津而尊威儀有嚴載闢其門吾
師是嗣增耆道源度衆逾廣大明羣昏乃典
毗尼徽密是論（盧昆切）八萬總結彰于一言聲
聞熈熈遐邇來奔如木旣拔有植其根乃法
般舟奥妙斯存百億寘會觀于化元同道祁
祁（祁祁盛貌）功庸以敦如水斯壅流之無垠（垠岸也垠）

詁

音錄帝求人師登我先覺赫矣明命表茲靈嶽
于彼南阜齋宮爰作負揭致貨時靡要約袒
奮程力不呼而諾是刈是鑿既塗既斲層搆
孔碩以延後學出不牛馬服不絜帛匪安其
躬亦菲其食勤而不勞在用恒寂縱而不傲
在捨恒得洪融混合孰究其跡懿茲遺光式
是嘉則容貌徃矣軌儀無極其徒追思賡薦
茲石

南嶽大明寺律和尚碑

儒以禮立仁義無之則壞佛以律持定慧去之則喪是故離禮於仁義者不可與言儒異律於定慧者不可與言佛達是道者唯大明師師姓歐陽氏號曰惠開唐開元二十一年始生天寶十一載始爲浮圖大曆十一年始登壇爲大律師貞元十三年十一月十一日卒元和九年正月其弟子懷信道嵩尸無涂等命高道僧靈嶼爲行狀列其行事願刊之茲碑宗元今掇其大者言曰師先因官世家

潭州爲大姓有勳烈爵位今不言大浮圖也凡浮圖之道衰其徒必小律而去經大明恐焉於是從峻洎偘以究戒律而大法以立又從秀洎昱以通經教而奥義以修由是二道出入隱顯後學以不惑來求以有得廣德二年始立大明寺于衡山詔選居寺僧二十一人師爲之首乾元元年以史考之乾元肅宗即位之三載廣德代宗即位之一載如此則乾元元當在先廣德當在後然此碑正謂南岳大明寺律和尚則大明寺始立於廣德爲信當是乾元字誤矣一本於此特曰某年疑之也又命衡

山立毗尼藏詔選講律僧七人師應其數凡其衣服器用動有師法言語行止皆爲物軌執巾匜（左氏傳奉匜沃盥注匜沃盥器也○匜音移又演爾切）奉杖屨爲侍者數百鬅髮髢被教戒爲學者數萬得衆若獨居尊若卑晦而光介而大灝灝焉無以加也（説文灝夷曠也○灝音浩）其塔在祝融峯西址下（衡山有五峯祝融其一也）碑在塔東其辭曰

儒以禮行覺以律興一歸真源無大小乘大明之律是定是慧丕窮經教爲法出世化人

無疆垂裕無際詔尊碩德威儀有繼道徧大州徽音勿替祝融西麓（山足曰麓○麓音鹿）洞庭南裔（裔末也○裔音曳）金石刻辭彌億千歲

碑陰

凡葬大浮圖無竁穴（竁穿地也○竁音釧）其於用碑不宜然昔之公室禮得用碑以葬其後子孫因宜不去遂銘德行用圖久於世及秦刻山石號其功德亦謂之碑而其用遂行然則雖浮圖亦宜也凡葬大浮圖其徒廣則能爲碑晉

宋尚法故爲碑者多法梁尚禪故碑多禪法
不周施禪不大行而律存焉故近世碑多律
凡葬大浮圖未嘗有比丘尼主碑事今惟無
染實來涕淚以求其志益堅又能言其師他
德尤備故書之碑陰師凡主戒事二十二年
宰相齊公映李公泌趙公憬尚書曹王皐裴
公胄侍郎令狐公峘已上六人史皆有傳或師或友齊
親執經受大義爲弟子又言師始爲童時夢
大人縞冠素舄說文縞鮮色舄履也○縞音杲舄音昔來告曰

其大

居南嶽大吾道者必爾也巳而信然將終夜有光明笙磬之音衆咸見聞若是類甚衆以儒者所不道而無染勤以爲請故末傳焉無染韋氏女世顯貴今主衡山戒法

衡山中院大律師塔銘

衡山中院大律師曰希操没年五十七没年一作末年既没二十七年弟子誠盈奉公之遺事願銘塔石公昝姓昝子感切凡去儒爲釋者三十一祀掌律度衆者二十六會南尼戒法壞而復

正由公而大興衡嶽佛寺毀而再成由公而丕變故當世之士若李丞相泌道未嘗屈覩公而稽首尊之不名公前與大明師碑嘗謂丞相李公泌執經受大義今又謂覩大律師而稽首尊之則師之出處蓋必與大明師同出世之士若石廩公賛公衡山有石廩峯言未嘗形遇公而歎息推以護法是以建功之始則震雷大風示其兆滅跡之際則隕星黑祲告其期說文云祲精氣感祥春秋傳見赤黑之祲○祲音浸斯爲神怪不可度已故其與物大同終始無爭受學之衆他莫能偕也

凡所受教若華嚴照公蘭若真公荆州至公
律公皆大士凡所授教若惟瑗道郢靈幹惟
正惠常誠盈皆聞人嗚呼始終哉爲之銘曰
首有承兮卒有傳華大訛兮持法權衆之至
兮志益虔雷發兆兮功已宣星告妖兮壽不
延靈變化兮迎大仙龍碧兹石兮垂萬年世有
壞兮德無遷

河東先生文集卷第七

東吳郭雲鵬校壽梓

河東先生集卷第八

行狀

段太尉逸事狀段太尉秀實也字成公新舊史皆有傳此狀公元和九年在永州作集又有與史官韓愈致段太尉逸事書狀當在書之先云

太尉始爲涇州刺史時大曆十二年邠寧節度使白孝德薦秀實爲涇州刺史汾陽王以副元帥居蒲是歲正月以汾陽王郭子儀爲關內河東副元帥河中節度等使治河中河中蒲州也王子晞爲尚書晞子儀子時爲左常侍不爲尚書恐誤晞音希領行營節度使寓

軍邠州（子儀自行營入朝晞在邠州放縱不法。邠悲巾切）縱士卒無賴邠人偷嗜暴惡者卒以貨竄名軍伍中則肆志（竄取亂切卒一作率）吏不得問日羣行丐取於市不嗛（不嗛不足也○嗛音慊）輒奮擊折人手足椎釜鬲甕盎盈道上（鬲鼎屬盎盆也釜音輔正作鬴。鬲音歷盎於浪切盈字一本作蔡與撤同讀如蔡蔡叔之蔡新史攺作盈故或作盈一本又作弃）袒臂徐去（袒字一作把非是）至撞殺孕婦人（撞傳江切）邠寧節度使白孝德以王故戚不敢言太尉自州以狀白府願計事至則曰天子以生人付公理（付一作分）公

見人被暴害因恬然且大亂君何孝德曰願
奉教太尉曰某爲涇州涇與邠州皆隸關內道甚適少
事今不忍人無寇暴死以亂天子邊事公誠
以都虞侯命某者能爲公已亂使公之人不
得害孝德曰幸甚如太尉請既署一月晞軍
士十七人入市取酒又以刃刺酒翁壞釀器
壞音怪又胡怪切釀女亮切酒流溝中流一作留太尉列卒取
十七人皆斷頭注槊上說文云槊長矛也○槊音朔植市
門外晞一營大譟譟先到切與噪同盡甲孝德震恐

召太尉曰將奈何太尉曰無傷也請辭於軍孝德使數十人從太尉太尉盡辭去解佩刀選老躄者一人持馬說文躄不能行也。躄蒲結俾亦二切至晞門下甲者出太尉笑且入曰殺一老卒何甲也吾戴吾頭來矣邵太史曰宋景文修新史曰吾戴頭來矣去一吾字便不成語吾戴頭來者果何人之頭耶甲者愕因諭曰尚書固負若屬耶副元帥固負若屬耶奈何欲以亂敗郭氏爲白尚書出聽我言晞出見太尉太尉曰副元帥勳塞天地當務始終今尚書恣卒爲暴暴且亂亂天子邊欲誰歸罪罪且及副元帥今邠人惡子弟以貨竄名軍籍中殺害人如是不止幾日不大亂大亂由尚書出人皆曰尚書倚副元帥不戢士然則郭氏功名其與存者幾何言未畢晞再拜曰公幸教晞以道恩甚大願奉軍以從顧叱左右曰皆解甲散還火伍中敢譁者死太尉曰吾未晡食○晡晚食也晡音逋請假設草具既食曰吾疾作願留宿門下命持馬者去旦日來遂卧軍中

晞不解衣戒候卒擊柝衛太尉旦俱至孝德
所謝不能請改過邠州由是無禍先是太尉
在涇州爲營田官自孝德初爲邠寧署秀實度支營田副使涇大
將焦令諶音忱取人田自占數十頃給與農曰
且熟歸我半是歲大旱野無草農以告諶諶
曰我知入數而已不知旱也督責益急且飢
死無以償即告太尉太尉判狀辭甚巽使人
求諭諶諶盛怒召農者曰我畏段某耶何敢
言我取判鋪背上以大杖擊二十垂死輿來

庭中太尉大泣曰乃我困汝即自取水洗去
血裂裳衣瘡（衣於既切）手注善藥旦夕自哺農者
然後食（哺，哺啜也。哺音逋）取騎馬賣市穀代償使勿
知淮西寓軍帥少尹榮剛直士也入見諶大
罵曰汝誠人耶涇州野如赭（說文赭赤土也。赭音者）人
且飢死而必得穀又用大杖擊無罪者叚公
仁信大人也而汝不知敬今叚公唯一馬賤
賣市穀入汝汝又取不耻凡爲人傲天災犯
大人擊無罪者又取仁者穀使主人出無馬

汝將何以視天地尚不愧奴隸耶隸郎計切諶雖暴抗然聞言則大愧流汗不能食曰吾終不可以見段公一夕自恨死段公別傳云大曆八年令諶猶存者蓋公之得於傳聞其實令諶不死及太尉自涇州以司農徵建中元年二月秀實自涇原節度使召為司農卿戒其族過岐岐名山岐音祁朱泚幸致貨幣慎勿納泚此禮切及過泚固致大綾三百匹太尉壻韋晤堅拒不得命至都太尉怒曰果不用吾言晤謝曰處賤無以拒也太尉曰然終不以在吾第以如司農治事

堂棲之梁木上一本無之字泚反四年十月詔涇原節度使姚令言率師救哥舒曜丁未出京城至滻水太尉倒戈謀反乃於晋昌里迎朱泚爲師終庚戌泚殺秀實興元元年二月贈秀實太尉謚忠烈吏以告泚泚取視一有之字其故封識具存識音志

太尉逸事如右

元和九年月日永州司馬員外置同正員柳宗元謹上史館今之稱太尉大節者出入以爲武人一時奮不慮死以取名天下不知太尉之所立如是宗元甞出入岐周邠斄間斄后

稷所封○蘩音部今本作蘩音倸甾切水名過眞定北上馬嶺歷

亭鄗堡戍說文云鄗紀色堡墥也○鄗音章堡音保竊好問老校

退卒能言其事太尉爲人姁姁凶于切又况羽切常

伍首拱手行步行一作促言氣卑弱未嘗以色待

物人視之儒者也遇不可必達其志決非偶

然者會州刺史崔公來永州刺史言信行直備得

太尉遺事覆校無疑或恐尚逸墜未集太史

氏敢以狀私於執事謹狀

故銀青光祿大夫右散騎常侍輕車

都尉宜城縣開國伯柳公行狀

曾祖善才皇荆王侍讀

祖尚素皇潤州曲阿縣令

父慶休皇渤海郡渤海縣丞贈

蔡州刺史工部尚書

汝州梁縣梁城鄉思義里柳渾

年七十四狀

公字惟深（又字夷曠）其先河東人晉永嘉年（永嘉懷帝年號）有濟南太守卓者去其土代仕江左（西晉末柳

純位平陽太守純子卓避永嘉之亂自本郡遷於襄陽官至汝南太守今云濟南恐誤代字一本作往公實後之柳氏自黃帝后稷降于周魯以字命族因地受氏載在左氏內外傳魯孝公子伯展展孫司寇無駭無駭生禽字季爲魯士師食邑柳下謚曰惠因以柳爲氏魯爲楚滅柳氏入楚楚爲秦滅乃還晉之解縣後秦置河東郡故爲河東解縣人及太史公書自卓至公十有一代卓子恬西河太守恬子憑馮翊太守憑子叔宗字雙鱗宋建威參軍叔宗子世隆字彥緒南齊尚書令世隆子揆字文通梁左僕射曲江穆侯揆子映映子奭奭子善才善才子尚素尚素子慶休慶休子渾自卓至渾十一世也爲士林盛族著于南朝歷代史柳元景弟

叔宗已下南史皆有傳及柳氏家牒惟公質貌魁傑度量宏大弘和博達而遇節必立恢曠放弛而應機能斷音煆其居室奉養撫字之誠儀于宗族而內行著焉其蒞政柔仁端直之德洽于府寺而外美彰焉凡為學畧章句之煩亂採摭奧旨說文云摭拾也摭之石切以知道為宗凡為文去藻飾之華靡汪洋自肆以適已為用自始學至於大成躭嗜文籍躭都含切與耽同注意鑽礪說文云鑽所以穿也○鑽祖官切倦不知游息威不待檟楚

檟古雅切儒言經旨夙有聞知年十餘歲有稱神巫來告曰若相法當夭且賤幸而爲釋可以緩而死耳位祿非若事也公諸父素加撫愛尤所信異遽命奪去其業從巫言也一云從巫之言公不可且曰夫性命之理聖人所罕言縉紳者所不道巫何爲而能盡之也且令從之而生去聖人之教而爲異術不若速死之愈也於是爲學甚篤其在童幼固不惑於怪譎矣譎說文權詐也○譎古穴切開元中舉汝州進士計偕

百數公爲之冠（音貫後同）禮部侍郎韋陟典而目之一舉上第（天寶元年禮部侍郎韋陟知貢舉柳載中第十四人載後改名渾）調受宋州單父尉操斷舉措通乎細大潔廉檢守形於造次加雲騎尉秩滿江南西道連帥聞其名辟至公府（至德中爲江西採訪皇甫先判官）以信州都邑人罹凶害（罹遭也○罹鄰知切）靡弊殘耗假守永豐令公於是用重典以威姦暴（周禮刑亂國用重典○重直龍切）鋪太和以惠鰥嫠（上古頑切下陵之切）毆除物害（毆音區）消去人隱吏無招權乾沒之患政

無犯令尨茸之蠹尨茸亂貌。尨音蒙茸音如容切蠹音妬宰制聽斷漸於訟息耕夫復於封疆商旅交於關市既庶而富廉恥興焉既富而教庠塾列焉塾學也禮記家有塾。塾音孰里閈大變克有能稱遂表爲洪州豐城令到職如永豐之政而仁厚加焉授衢州司馬夫器宏者恥效以圭撮之任撮倉括切足逸者難局以尋常之地公遂滅跡藏用遁隱於武寧山羣公交書諸侯走幣皆謝絕不就方將究賢人之業窮君子之儒味道腴以代膏粱含德輝而輕紱冕遺榮養素恬淡如也朝右籍甚有聲徵拜御史（拜監察御史）公曰君命也安敢逃乎即日裝束上道公嘗好大體不爲細家之迫速（一作束）非其志也以疾辭授右補闕不隱忠以固位不形直以奸名（奸音干宅本作奸非也）除殿中侍御史賜緋魚袋赴江西與租庸使議復搉鐵（搉音角）及常平倉便宜制置得以專任（一作征）和鈞關石之緒出納平準之宜國利人逸得其要道（明年自左補闕除殿中侍御史知江

西租庸遷侍御史充江南西路都團練判官院事（大曆三年以刑部侍郎魏少游爲江西觀察使少游表渾爲其府判官）時屬支郡不知連帥之職公請出巡盡征之地大詰姦繆所至風動其有非常之政裕于人者必舉其課績歸之使府又以文采殷勤歌詠之俾其風謡（謡音搖）頌聲聞于他部達于京師而後巳改祠部員外郎轉司勳郎中餘如故就拜袁州刺史（十二年拜袁州刺史）公於是酌古良牧之政宜于今者宗而奉之考諸理國之說稱于

人者承而守之均利器用以致其富昭明物則以教之禮示優裕之德以周惠利緩九賦推廣厚之心以固和慈保萬人明其制量臨長羣吏示之法禁考中備敗無不得其極理行高第朝廷休之召拜諫議大夫十四年五月以中書舍人崔祐甫平章事崔薦渾爲諫議大夫充浙江東西道黜陟使建中元年二月命黜陟使十一人分巡天下將舉其能政端于外邦也公則修虞書之考績舉漢代之課第處事詳諦無依違故縱之敗奉法端審無隱忌

峭刻之文峭七肖切刻音尅時分部所繫於公尤重凌
江並海並近也○並蒲浪切列子並歌並進又音竝上聲竟吳越之
域皆所莅焉復命稱職加朝散大夫又拜左
庶子集賢殿學士奉翊儲后修其宮政統理
文籍紀于秘府拜尚書右丞直而多容簡而
有制去苛削之文苛音何而吏皆率法務弘大
之道而政不失中加銀青光祿大夫遷右散
騎常侍涇卒之亂公以變起卒遽盡室奔匿
于終南山賊徒訪公所在追以相印既及公

而問焉公變名氏以紿之紿江南呼欺曰紿○紿音怠捐家屬以委之賊遂執公愛子榜箠訊問榜音彭所以輔弓弩又去聲四十三映北孟切進也笞也張敖傳載貫高榜笞數千又音膀木片也又音謗進船折其右肱而公不之顧即步入窮谷披草逕踰秦嶺由褒駱朝于行宮四年十月朱泚反渾瑊服徒行遁終南山谷賊素聞其名以宰相召執其子榜笞之搜索所在渾步至奉天扈從至涼州改左散騎常侍上嘉其誠節不時召見公頓首流涕累陳計畫賊平策勳賜輕車都尉封宜城縣開國伯拜尚書兵部侍郎正元二年拜兵部侍郎封宜城

縣伯初公名載字元輿至是奏請改命以滁僞
署之汗賊平渾奏言臣向名爲賊汚且載於文從戈非偃武所宜請改名渾是
歲盜據淮淠淮西節度使吳少誠反方議討戮宰相以
大理評事李元平者有名以爲才堪攘寇拜
爲汝州羣臣望聲徇利者皆曰德擧公獨慷
慨言於朝曰慷下郎切慨下溉切是夫喋喋喋喋多言也喋音牒
衒玉而賈石者也說文衒行且賣也賈賣售也○衒扃縣切賈音古
王衍誤天下殷浩敗中軍華而不實異代同
德徃且見獲何寇之攘時人不知信也未幾

盜襲汝州以元平歸四年正月李希烈陷汝州執别駕李元平○襲音習凡百莫不嗟服焉俄以本官同中書門下平章事貞元三年正月以本官同平章事登翊聖皇翊音翼匡猷大政造膝盡規諫之志當事無矜大之容援下情于上以酌天心順嘉謨于外用彰君德故績用茂著而人罕知之然其章布於外敷聞在下者十一二焉貞元初上以甸服長人天下理本於是親擇郎吏分宰於京師外部帝嘗親擇吏宰畿邑而政有狀召宰相語皆賀帝得人未幾而人謠

大和擊壤之頌歸於帝力上召丞相告之左僕射平章事張延賞抃蹈稱慶公俯伏不賀且曰甸服之政固宜慎重然則此屑屑者特京兆尹之職耳陛下當擇臣輩以輔聖德臣當選京兆以承大化京兆當求令長以親細事夫然後宜捨此而致理可謂愛人矣然非王政之大倫也不知所賀上深然之漢惠悅曹參之言絳侯懃曲逆之對（漢書上問左丞相勃天下一歲決獄錢穀勃不能對問左丞相平平曰有主者上曰君所主何事也平謝曰宰相者上佐

天子理陰陽順四時下遂萬物之宜外鎮撫四夷諸侯內親附百姓使卿大夫各得任其職也上稱善勃大慙考之前志我無負焉既而西戎乘間入邑詐以請盟侍中北平王燧建議許之自公卿以下莫有異慮公獨陳謀獻畫言戎之詐固不可許竟留中不下而前議遂行於是冊命上將蒞盟諸戎戎果縱兵逼好大毆掠而去上召對前殿嘉歎者久之五月以侍中渾瑊爲吐蕃清水會盟使兵部侍郎崔漢衡副之閏五月辛未瑊與吐蕃尚結贊同盟于平涼是日上視朝渾曰戎狄豺狼也非盟誓可結今日之事臣竊憂之瑊果爲蕃兵所刼狼貝而

獲免漢衡以下將吏陷没者六十餘人上時
使謂渾曰卿書生乃能料敵如此其審耶
諫臣有廷爭陷於訕上者訕音疝上未之善也
公從容候間陳古以諷所以示寬裕之德招
讜正之言詞旨切直意氣勤懇動合聖謨卒
見納用無何工人有以理乘輿服器得罪于
左右有司以盜易御物請論如法制初可之
公不奉詔因抗疏曰跡其罪狀未甚指明方
春殺人憯傷和氣上覽之大悦卽原其罪玉工
爲帝作玉帶誤毀一銙工不以聞私市銙玉
足之及獻帝識不類擿之工人伏罪帝怒其

欺詔京兆府論死渾曰陛下殺人則已若委有司須詳讞乃可於法誤傷乘輿器服杖六十請論如律詔從之刑官慎恤之事正於邦典聖君含育之德彰于天下論者難之時上相與光祿卿裴胐不協侯公休沐以御酒或闕陰請貶之制命既行公堅執不下請訊支計之吏校其供入之實原本定罪窮理辯刑而胐竟獲宥克復本職白志貞有羈勒之勤也說文靮韁也○靮音的獻利屢中利一作謀上嘉其功効特寵異之方議大用公以為胥徒雜類胥俗作肯出自微賤負

舊云年七十四此注云卒年五十七未詳

乘致寇盜之招也累疏以聞而止三年以果州刺史白志貞爲浙西觀察使渾奏志貞與小史纔嘉其才不當超劇職臣不敢奉詔會渾移疾出即日詔付外施行疾間因乞骸骨不許公竭誠盡忠憂勞庶務有耄忘之疾耄音冒懇迫陳讓除右散騎常侍罷知政事八月以右散騎常侍罷知政事貞元五年二月五日薨于昌化里卒年五十七終於散地故褒贈不及惟公致君之志孜孜焉不有怠也立誠之節偘偘焉無所屈也偘偘說文云剛直也偘可旱切故處心積慮博蹇之道表于朝端弼違繹回朴忠之

生

誠沃于帝念內有敢言之勇進當不諱之明用能直道自達而無罪悔者也公累更重任祿秩之厚布于宗姻無一廛之土以處其子孫無一畝之宫以聚其族屬待祿而飽傭室而安終身坦蕩而細故不入其達知足落落如此夫其子恭父慈武添仁義善行也拊循制理能政也直廉潔靜儉德也拒疑獨斷明識也冒危以扞牧圉大節也犯顏以陳訏謨至忠也有一于此尚宜旌褒矧茲備體焉可以已

固當飾以榮號章示後來而故吏遺孤淪寓
遐壤久稽彝典罪在宗屬敢用評隲舊行說文云隲定也升也。隲音質敷賛遺風若乃揚孔氏褒貶之
文舉周公懲勸之法徵於誄謚則有司存謹
狀

謚議貞元十五年正月日故銀青光
祿大夫右散騎常侍輕車都尉宜城
縣開國伯柳公從孫將仕郎守集賢
殿正字宗元謹上謚法大行受大名小行受小名以狀

考之今所議謚其大名者哉

尚書考功伏以魯史褒貶虞書黜陟彰善癉惡王教之端自周公以來謚法未改謹按柳公累歷清貫莪著名節貞亮存誠潔廉中禮納忠爲爭臣之表出守乃牧人之良剌舉必聞澄清可紀冒危而大節不奪更名而純誠克彰遂踐鼎司以臣王國奉上盡陪輔之志退迹有推讓之高圭璋聞望洽于人聽所以聳厲在位關於政教聲聞王者其事實繁褒

善勸能固將不廢宗元既當族屬且又通家
傳信克備其遺芳考行敢徵於故事謹具署
其懿績布以懿詞定謚之制請如律令謹狀
下太常博士裴堪議宜謚曰貞奉敕依

唐故秘書少監陳公行狀

五代祖某陳宜都王
曾祖某皇會稽郡司馬
祖某皇晉陵郡司功參軍
父某皇右補闕翰林學士贈秘書

少監

某州某縣某年某里陳京年若干

狀

公姓陳氏自穎川來錄京兆萬年胄貴里諱京既冠字曰慶復舉進士大曆元年京中進士第爲太子正字咸陽尉太常博士左補闕尚書膳部考功員外郎司封郎中給事中秘書少監自考功以來九四命爲集賢學士德宗登遐公病痼輿曳就位備哀敬之節由是滋甚遂以

所居官致仕貞元二十一年四月二十五日終于安邑里妻黨之室京娶常衮兄女無子京無子以從子褒爲嗣伯兄前監察御史瑠仲兄前大理評事萇萇娶柳氏公之妹以公文行之大者告于嘗吏于公者使辭而陳之大曆中公始來京師中書常舍人衮楊舍人炎讀其文驚以相視曰子雲之徒也常以兄之子妻公由是名聞遊太原太原尹喜曰重客至矣授館致餼厚以泉布獻焉泉布二錢名漢食貨志王莽即眞天鳳元年罷大小錢改作貨泉其文左

曰貨右曰布重二十五銖直貨泉二十五貨泉重五銖文右曰貨左曰泉枚直一二品並行公曰非是爲也某嘗爲北都賦未就願即而就焉其宮室城郭之大河山之富關開之壯與其土疆之所出風俗之所安王業之所興苟得聞而覩之足矣君曰受大利是以利來蓋異前志也吾不能敢辭遂逆大河踰北山彷徉而歸彷徉徙倚也。彷音房徉音陽賦成果傳天下爲咸陽尉留府廷主文章決大事得其道爲博士舉疵禮。說文疵病也疵才支切修墜典合于大中者衆焉涇人作難公徒行以出奔問官守（建中四年十月涇原節度使姚令言反犯京師戊申德宗幸奉天）段忠烈之死（庚戌朱泚殺司農卿段秀實）上議罷朝七日宰相曰不可方居行宮無以安天下公進曰是非宰相之言天子褒大節哀大臣天下所以安也况其特異者乎上用之其勤勞侍從謀議可否時之所賴者大巡狩告至（告一作所）上行罷巳之道焉曰凡我執事之臣無所任罪予惟不謹於理而有是也將復前之爲相者公曰天子加

惠羣臣而引慝焉德至厚也而爲相者復是無以大警于後且示天下率其黨爭之上變於色在列者咸恟而退恟音凶公大呼曰趙需等勿退遂進而盡其辭焉不果復德宗還京以京爲左補闕貞元元年正月赦天下故宰相新州司馬盧杞量移吉州長史未幾用爲饒州刺史制出京與趙需裴佶宇文炫盧景亮張薦共劾杞輔政要位大臣踰時月不得對百官凛凛常若兵在頸今復用之則姦賊皆唾掌而起上大怒諫者稍引却京顧曰趙需等勿退此國大事當以死爭之上意上迎訪太后間稍解壬戌以杞爲澧州司馬

數歲外頗怠其禮公密疏發之天子感悅焉

帝之初立迎訪沈太后不得意且息京寄
白第遣使物色以求帝大悟終代不敢置初
禮部試士有與親戚者則附于考功莫不陰
授其旨意而爲進退者一無者字及公則否卓然
有有司之道不可犯也太廟闕東向之禮且
久矣公自爲博士補闕尚書郎給事中凡二
十年勤以爲請殷祭之不墜繄公之忠懇是
賴故有赤紱銀魚之報焉京自博士獻議彌二十年至貞元十
九年孟夏禘祭方正太祖東向之位已下列
叙昭穆其獻祖懿祖祔于德明興聖之廟毋
禘祫年就本室饗之諸儒無
復言帝賜京緋衣銀魚袋 昭陵山峻而高

寢宮在其上內官懲其上下之勤輓汲之艱也說文輓引之也。輓武遠切與挽同又音萬謁于上請更之上下其議宰相承而諷之召官屬使如其請公曰斯太宗之志也其儉足以爲法其嚴足以有奉吾敢顧其私容而替之者也奏議不可上又下其議凡是公者六七人其餘皆曰更之便上獨斷焉曰京議得矣從之貞元十四年昭陵寢殿爲火所焚四月以宰相崔損爲修奉陵使獻昭乾定泰五陵名造屋三百八十間橋元建三陵據闕補造昭陵占山上宮侍憚輓汲之請更其所宰相不能抗京曰此太宗之志其儉足以爲後世法不可改議者多附宫人帝曰京議善卒不從在集賢奏秘書官六員隸殿内而刊校益理納資爲胥而仕者罷之求遺書凡增繕者乃作藝文新志制爲之名曰貞元御府羣書新録始御府有食本錢月權其赢以爲膳有餘則學士與校理官頒分之學士常受三倍由公而殺其二書史之始至入禮幣錢六十緡亦皆分焉公悉致之官以理府署作書閣廣羣官之堂不取於將作少府而用大足居門下簡武官

議典禮上以爲能益器之與信臣議且致相位遇公有惑疾使視之疾甚不能知人遂不用帝器京謂有宰相才欲用之會病狂易自刺弗殊遂不用猶自考功員外再遷給事中用鄭吏部高太常爲相十九年十二月以太常卿高郢吏部侍郎鄭珣瑜同平章事而以秘書命公帝疑京爲忌者中傷中人問賚相繼後對延英帝諭遣京沮駭走出罷爲秘書少監所以示優之也公有文章若干卷深茂古老慕司馬相如揚雄之辭而其詁訓多尚書爾雅之說紀事朴實不苟悅於人世得以傳其藁其學自聖人之書

其也

以至百家諸子之言推黃炎之事涉歷代洎
國朝之故實鈎引貫穿舉大苞小若太倉之
蓄崇山之載浩浩乎不可知也豈揚子所謂
仲尼駕說者耶夫忠烈之褎也相府之有誠
太廟之東向也昭陵之不更其故也官守之
不可奪也立言之不可誣也利之不苟就也
害之不苟去也其忠類朱雲（漢書朱雲請於成帝曰願得上方斬馬劍斬佞臣一人頭上大怒命御史將雲下雲攀殿檻檻折）其孝類頴
考叔（左傳隱三年鄭伯寘姜氏於城頴既而悔之頴考叔聞之有獻於公公賜之食）

食舍肉請以遺母公曰爾有母遺繄我獨無考叔曰君何患焉若闕地及泉隧而相見其誰曰不然公從之遂爲母子如初君子曰潁考叔純孝也廉類公儀休史記公儀休者魯博士也以高第爲魯相奉法循理無所變更百官自正使食祿者不得與下民爭利受大者不得取小其宅辭魚燔機事皆類是而又文以文之學以輔之而天子以爲之知既得其道又得其時而不爲公卿者病也故議者咸惜其始而哀其終焉公之喪凡五十四日而夫人又没毀也夫人之父曰借司農卿祖曰某贈太子太保宗元故集賢吏也公前爲集賢殿正字得公之遺

事於其家書而授公之友以誌公之墓謹狀
永貞元年八月五日尚書禮部員外郎柳宗
元狀

河東先生集卷第八

東吳郭雲鵬校壽梓

河東集 九之十

表銘碣誄誌

共二十

◎

河東先生集卷第九

表銘碣誄

唐丞相太尉房公德銘【房琯】　李華

玄宗季年逆將持兵天錫房公言正其傾羣兇害直事乃不行虜起幽陵連覆二京【天寶四年十一月范陽節度使安禄山反十二月陷東京】帝慈蒸人避狄西蜀【十五載六月玄宗狩蜀禄山陷京師】爰命監撫理兵北朔【辛丑皇太子至平京數日朔方留後度支副使杜鴻漸六城水城運使魏少遊節度判官崔漪度支判官盧簡金關內鹽池判官李涵河西行軍司馬裴冕迎】

太子治兵于朔方登賢爲輔讓子以續公賫冊書亦捧瑞玉七月玄宗至普安琯以憲部侍郎求謁見即日以琯同平章事是日太子即位于靈武八月己亥玄宗命琯奉傳國寶玉冊詣靈武傳位聖人神人天地咸若子孝臣忠元臣踊躍命師中軍謀殲羿浞十月加琯持節招討西京兼防禦蒲潼兩關兵馬節度等使辛丑琯以中軍北軍及安祿山之衆戰于陳濤斜敗績人咸有言志屈道行公曰不可屈則佞生柄不在公象昏曀明退師儲宮出守函谷二載五月罷琯爲太子少師入爲尚書正色謇謇貞元元年四月以琯爲禮部尚

書又刺汾澮遽臨彭濮琯尋出爲晉州刺史八月改爲漢州刺史何負而東何負而西公受挫抑邦人悽悽帝懷明德俾不我迷徵拜秋官僉曰休哉寶應二年甍殂閬中廣德元年八月四日琯卒於閬州僧舍年六十七國瘁人哀詩人之云邦國殄瘁下喬嶽隕躔輔星昏霾天子洟涕追崇上台追贈太尉巖巖岱宗瞻其峻極赫赫房公尊其盛德昔撫宜春列郡是式天寶五載殺括蒼郡太守韋堅琯坐與堅善貶宜春太守建銘江濱以慰南國

唐相國房公德銘之陰德銘見上

天子之三公稱公王者之後稱公公羊傳文諸侯之入爲王卿士亦曰公有土封其臣稱之曰公尊其道而師之稱曰公楚之僭凢爲縣者皆曰公爲一作與古之人通謂年之長老曰公故言三公若周公召公公羊傳三公者何天子之相也天子之相則何以三自陝而東周公主之自陝而西召公主之一相處乎内王者之後若宋公史記微子開者商帝乙之首子而紂之庶兄也周公既承成王命誅武庚殺管叔放蔡叔乃命微子開代商後作微子之命以申之國于宋微子開卒立其弟衍是爲微

仲微仲卒宋公稽立爲卿士若衛武公號文公鄭桓公詩淇澳美衛武公能入相于周緇衣美鄭武公父子竝爲司徒鄭武公父即桓公也左氏宮之奇諫曰號仲號叔王季之子也爲文王卿士勳在王室功藏盟府其臣稱之則列國皆然師之尊若太公楚之爲縣者若葉公白公史記楚世家惠王二年子西召故平王太子建之子勝於吳以爲巢大夫號曰白公服虔曰白邑名楚邑大夫皆稱公葉公公子高也葉亦楚邑名○葉於涉切年之長老若毛公申公浩公漢儒傳毛公趙人申公魯人又云於魯則申培公培字音陪今此作浩公未詳浩音浮而大臣罕能以姓配公者雖近有之然不能著也唐之

大臣以姓配公最著者曰房公房公相玄宗有勞于蜀人咸服其節相肅宗作訓於岐（至德元載九月肅宗次順化郡琯自蜀至爲相如故遂同至鳳翔鳳翔即岐山也）人咸尊其道惟正直慈愛以成於德用是進退所居而事理辯所去而人哀號理袁人袁人不勝其懷（二袁字宅本並作遠）爲文士趙郡李華銘公之德亂故不克立今刺史太原王涯（涯以左拾遺爲翰林學士進起居舍人元和初其甥皇甫湜以賢良對策忤宰相涯坐避嫌罷學士再貶號州司馬徙爲袁州刺史）嘉公之道猶在乎人人不忘公之

道爲之刻石且曰州之南有亭曰霈宴亭公之爲也人之思也乃增飾棟宇即而立焉州人大悦咸會隕涕言曰昔公以周召之德徹子之仁有土封以爲卿士道爲三公德爲國師年爲元老嘗爲縣縣懷其化至于州州霈其澤說文濡霑濕也○濡音儒凡我子孫罔不戴慕盛德之詞文而不刻一作列更刺史數十莫克興起乃卒歸於王公王公嘗以機密匡天子于禁中遵公之道遵一作承刺於我邦承公之理承字一本

作由又一作序又能尊公之德起遺文以昭前烈則
其入爲卿士三公也孰曰不宜吾懼其去我
也遽願書于銘之陰用永表於邦之良政

國子司業陽城遺愛碣陽城字亢宗定州北平人後徙陝州夏縣新史列之卓行傳公爲集賢殿正字作此碣集又有與太學諸生書論城事亦甚悉

四年五月皇帝以銀印赤紱即隱所起陽公
爲諫議大夫貞元四年六月以陝虢觀察使李泌平章事泌薦城可用爲諫議大夫賜緋衣銀魚袋後七年廷諍懇至累日不解帝

尤嘉異遷爲國子司業十一年四月裴延齡誣宰相陸贄等贄坐貶忠州別駕帝怒甚無敢言者城即率拾遺王仲舒等數人守延英門上疏論延齡姦佞贄等無罪德宗怒將加城等罪良久乃解七月下遷城國子司業旌直優賢道光師儒又四年九月巳巳出拜道州刺史有太學生薛約者嘗學於城十四年以言事得罪謫連州吏捕迹得之城家城坐吏於門與約飲決別涕泣送之郊外帝聞以爲黨罪人九月出城爲道州刺史按城貶在十四年逆數之則上所云四年者當作三年字誤太學生魯郡李賞盧江何蕃等百六十人或云二百七十人投業奔走稽首闕下吁閽籲天籲呼也書無辜籲天○籲音裕願乞復舊朝

廷重更其事如已已詔翌日會徒比嚮如初行至延喜門公使追奪其章遮道願罷遂不果獻生徒噭噭（音嗷）顒聑徘徊（聑說文云邪視也音沔）昔公之來仁風扇揚暴慠華面（慠音傲）柔轜有立轜（乳兖切一作懦）聽聞嘉言樂甚鐘鼓瞻仰德宇高逾嵩岱（上音崧下音岱）及公當職施政示人準程良士勇善僑夫去飾憻者益勤誕者益恭沉酗腆酒（說文酗酒醟也腆多也酗吁句切腆它典切酗亦作𨡓）斥逐郊遂違親三歲罷退鄉黨令未及下乞歸就養者

二十餘人城爲司業引諸生告之曰凡學所以學爲忠與孝也諸生寧有久不省其親者乎明日謁城以歸養者二十有餘人有三年不歸侍者斥之禮順克彰孝悌以興則又講貫經籍俾達與義簡習孝秀俾極儒業城又簡秀才德行升堂上沉酗不率教者皆罷躬講經籍生徒斥所皆有法度冠屨裳衣由公而嚴進退揖讓由公而儀公征甚遐謂城爲道州其行甚遠也吾黨誰師遂相與咨度署吏布告諸儒願立貞珉俾高狀明乃訪于學古之士紀公名字垂憲于後公名城字亢宗家于北平隱于條山惟公端粹

冲和高嶷懿醇嶷魚力切又魚其切道德仁明孝愛友悌城初隱中條山與弟偕域常易衣出年長不肯娶以爲既娶則閒外姓難共處而益疎薰龔里閈布聞天下守節貞固患難不能遷其心怡性坦厚榮位不足動其神爲司諫義震于周行爲司業愛加于生徒宜乎立石俾後是憲其辭曰

惟茲陽公履道葆醇爰初隱聲覆簣基仁孔子曰譬如平地雖覆一簣進吾往也簣盛土之器覆孚救切簣音匱德克而形乃作諫臣抗志厲義直道是陳帝求師儒貳

我成均開朗蒙滯宣明德教大和潛布玄機密照羣生聞禮後學知孝進退作則動言是傚匪公之軌人用奚蹈麤厲貪凌（麤倉胡切）待公順之欺僞譎詐待公信之少年申申咸適其宜檟楚廢弛尊嚴而威（禮記檟楚二物收其威也又曰師嚴然後道尊）公褒其良俾升于堂癯者旣肥（韓非子子夏始癯而後肥有問之者子夏曰吾戰勝人問曰何爲戰勝子夏曰吾入見夫子之義則榮之出見富貴又榮之二者戰於胷臆故臞今見夫子之義勝故肥也癯音衢）榮如衮衣公棄不用懲咎內訟旣訟于內猶公之誨匪

立廣陵王爲太子，章執誼等恐太子不悦，以陸質爲侍讀，使潛伺太子意，且解之。太子怒曰：陛下令先生爲寡人講經義耳，何爲預他事？質懼而出

仁孰親匪德孰尊令公于征孰表儒門生徒上言稽首帝閽謂天盖高曾莫我聞青衿涕濡塡街盈衢遠迓于南望慕踟躕上音馳下音廚立石書德用揚懿則嗚呼斯文遺愛罔極

唐故給事中皇太子侍讀陸文通先生墓表

陸先生名質本名淳字元冲其後避憲宗諱改賜名質公集有荅元饒州論春秋書云宗元出邵州不克卒業於陸先生之門書末又謂始至是州作陸文通先生墓表今以奉獻與宣英讀之此表作於邵州明矣

◎

胡氏曰陸淳有功於春秋而名在八司馬之冠一何悖哉蓋窮經旨而不歸之理義則經必不明索理義而不歸之於心則理必不得心不得理則心也理也經也猶風馬牛之

孔子作春秋千五百年以名爲傳者五家漢書藝文志春秋左氏傳三十卷公羊傳穀梁傳鄒氏傳夾氏傳各一十卷鄒氏夾氏有録無書○夾音頰今用其三焉左氏公羊穀梁三傳秉觚牘上音孤下音讀焦思慮以爲論註疏說者百千人矣攻訐狠怒說文云訐相斥罪相告謁也狠不聽從一曰盭也○訐居謁切狠下懇切以辭氣相擊排冒沒者其爲書處則充棟宇出則汗牛馬或合而隱或乖而顯後之學者窮老盡氣左視右顧視字一本作睍莫得而本則專其所學以訾其所異訾說文毀也音紫又即支切黨枯竹護

不相及也太子所謂諸經何預他事也失之也善讀經者亦必以今世之事參之然後其合否可斷惟讀學不治心心不自正是以因知所當目

朽骨以至於父子傷夷漢宣帝時詔劉向受穀梁春秋及其子歆校秘書見左氏傳大好之數以難向向不能非間也然猶自持其穀梁義君臣詆悖者前世多有之甚矣聖人之難知也有吳郡人陸先生質與其師友天水啖助助字叔佐趙州人後徙關中天寶末爲台州臨海縣主簿上元二年集三傳釋春秋至大曆五年而畢號集傳。○啖塗亢切洎趙匡匡字伯淳河東人歷淮南節度判官洋州刺史能知聖人之旨故春秋之言及是而光明使庸人小童皆可積學以入聖人之道傳聖人之教是其德豈不偉大矣哉先生字某見題注旣

聖一作生

讀書得制作之本而獲其師友於是合古今
散同異聯之以言累之以文蓋講道者二十
年書而志之者又十餘年其事大備爲春秋
集注十篇辯疑七篇微指二篇明章大中發
露公器其道以聖人爲主以堯舜爲的苞羅
旁魄旁魄混同封禪書云旁魄四塞魄音步角切亦作旁礴膠轕下上
膠轕驅馳也或曰膠一作轇亦音膠轕音葛說文長遠貌一曰車馬喧雜而不出
於正其法以文武爲首以周公爲翼揖讓升
降好惡喜怒而不過乎物禮記仁人不過乎物孝子不過乎物

既成以授世之聰明之士使陳而明之故其書出焉而先生爲巨儒用是爲天子爭臣（天子有爭臣七人質佐淮南節度陳少遊幕府少遊薦之朝授左拾遺）尚書郎國子傅士給事中皇太子侍讀（貞元二十一年四月自給事中爲太子侍讀）皆得其道刺二州守人知仁（質歷台信二州刺史）永貞年（是歲改爲永貞元年）侍東宮言其所學爲古君臣圖以獻而道達乎上是歲嗣天子踐祚而理（謂憲宗即位也）尊優師儒先生以疾聞臨問加禮某月日終于京師（九月辛巳質卒）某月日葬于某

郡某里嗚呼先生道之存也以書不及施於政道之行也以言不及覯其理門人世儒是以增慟將葬以先生爲能文聖人之書通于後世遂相與諡曰文通先生後若干祀有學其書者過其墓哀其道之所由乃作石以表碣（一無碣字）

唐故兵部郎中楊君墓碣（楊君凝也新史凝傳一如公碣惟不載其以校書郎爲書記耳）

貞元十九年正月某日守尚書兵部郎中楊

龜

君卒某月日葬于奉先縣某原其子姪洎家老家老謂其族之老也謀立石以表于墓葬令曰葬令唐時喪葬之令凡五品以上爲碑。趺螭首趺足也足爲龜形首爲螭形也說文云螭無角如龍而黄。趺音夫螭丑知切降五品爲碣說文碣特立之石也方趺圓首圓一作圭說文圭瑞玉上圓下方其高四尺按郎中品第五以其秩不克偕降而從碣之制其世系則紀于大墓凝號州弘農人遠祖越恭公鈞鈞生儉西魏侍中儉生文偉隋安溫二州刺史文偉生榮榮生恪恪生元政司勳郎中元政生志玄殿中侍御史志玄生成名成名生凝君諱凝字懋功與季弟凌生同日凌字恭履不周月而孤伯兄憑憑字虛受一字嗣仁翦髮爲童家居于吳太夫人毋道尊愛教飭謹備君之昆弟孝敬出於其性禮範奉于其舊克有成德輯其休光輯斂也書曰輯五瑞○輯音集東薄海岱南極衡巫文學者皆知誦其詞而以爲模準進修者率用歌其行而有所矜式君旣舉進士大曆三年疑舉進士以校書郎爲書記興元元年正月以樊澤爲山南東道節度使疑自秘書省校書郎爲其府掌書記毗贊元侯于漢之陰式徒荊州貞元三年閏五月澤徙荊南節度使疑隨府遷

可

由協律郎三轉御史元戎出師（元戎元帥也詩元戎十乘以先啓行）用顯厥謀遂入王庭爲起居郎書事不回著垂國典又爲尚書司封員外郎華正封邑申明嫡媵（送女從嫁曰媵嫡丁歷切媵以證切）事連權右斥退勿憚直聲彰聞乃叅選部（隋改吏部爲選部疑爲吏部員外郎）以馭羣吏姦臣席勢（席勢乘勢也）威福自已他人求附離而不得者（離音麗）公則却之私以胥史求署一皆罷遣曰吾不以三尺法爲巳利害居喪致哀（孔子曰喪致乎哀而止）内盡其志外盡其

物而無有不得於心者服除爲右司郎中危言直己以致其誠然卒中於詖辭孟子詖辭知其所蔽○詖險詖也詖音賁不得朝請以檢校吏部郎中爲宣武軍節度判官貞元十二年八月疑自左司郎中爲檢校吏部郎中汴宋亳潁等州觀察判官亳人鈌守往涖其政孤老撫安强猾戮死墾鑿嶢鹵嶢山之多石者鹵鹹地○嶢丘交切鹵音魯芟艾榛荒作爰田左傳僖十五年作爰田爰易也如周禮一易再易之田也以贍人食濬決潢汙築復堤防爲落渠以定水禍理不半歲利垂千祀會朝復命次于汴

郊帥喪卒亂不可以入十四年冬凝朝正京師十五年春還汴二月節度使董晉卒汴軍亂凝走還京師遂西走闕下璽書迎門勞徠甚備以疾居家三年復登于朝八年凝起家爲兵部郎中遐邇咏歌仍遇痼疾天子致問逾三月不賜告漢律有賜告賜告者病滿三月當免天子復賜其告使得帶印綬將官屬歸家治其病幸其愈而用之遂卒天下文行之士爲之悲哀嗚呼君有深淳之行有强毅之志内以和於親戚正於族屬外以信於朋友施於政事故身之進退人之喜戚繫焉凡其昆

第申明于朝制書咸曰孝友君子謂楊氏其仁義之府君之文若干什皆可以傳於世疑有文二十卷權德輿爲之序云若某者以姻舊獲愛公憑之壻見弘農楊氏誌不腆之文君實知之惟車馬幣玉無可以稱其德用君之所以知者酬焉

故御史周君碣周子諒也按公此碣子諒當是柳州人

有唐貞臣汝南周氏諱某字某以諫死葬于某貞元十二年柳宗元立碣于其墓左在天寶年有以諂諛至相位開元二十四年十一月以牛仙客爲工部

之

尚書同中書門下三品○謟丑琰切諛音腴賢臣放退二十四年十一月侍中裴耀卿爲尚書左丞相中書令張九齡爲尚書右丞相並罷知政事公爲御史抗言以白其事得死于墀下釋文墀塗地也丹漆地故稱丹墀開元二十五年四月子諒以監察御史彈牛仙客非才引讖書爲證上怒甚親加詰問命左右撲於殿庭絶而復蘇仍杖之朝堂流瀼州至藍田而死此云天寳誤也史臣書之公死而佞者始畏公議於虖古之不得其死者衆矣若公之死志匡王國氣震姦佞動獲其所斯蓋得其死者歟公之德之才洽於傳聞卒以不試而獨申其節猶能奮百

代之上以爲世軌一有者也二字第令生於定哀之間則孔子不曰未見剛者出於秦楚之後則漢祖不曰安得猛士而存不及興王之用沒不遭聖人之歎誠立志者之所悼也故爲之銘銘曰

忠爲実道是履諫而死佞者止史之志石以紀爲臣軌兮一無兮字

唐故衢州刺史東平呂君誄呂君名温字化光一字和叔河中人年四十卒周禮小史掌卿大夫之喪讀誄

誄謂生時行迹者也

維唐元和六年八月衡州刺史東平呂君卒

爰用十月二十四日藁葬于江陵之野藁音杲

嗚呼君有智勇孝仁惟其能可用康天下惟其志可用經百世不克而死世亦無由知焉

君由道州元和三年貶道州刺史以陟爲衡州五年以政聞改衡州君之卒二州之人哭者逾月湖南人重社飲酒是月上戊六年八月八日戊子社不酒去樂會哭于神所而歸余居永州在二州中間其哀聲

交于北南舟船之下上必呱呱然呱呱泣聲書啓呱呱而泣○呱音孤蓋嘗聞于古而覩于今也覩一作觀君之志與能不施于生人知之者又不過十人世徒讀君之文章歌君之理行不知二者之於君其末也嗚呼君之文章宜端於百世今其存者非君之極言也獨其詞耳君之理行宜极於天下今其聞者非君之盡力也獨其跡耳萬不試而一出焉猶爲當世甚重若使幸得出其什二三則巍然爲偉人與世無窮其

可涯也君所居官爲第三品宜得謚于太常余懼州吏之逸其辭也（州吏一作刺史）私爲之誄以以志其行其辭曰

麟死魯郊（春秋哀十四年西狩獲麟）其靈不施濯濯夫子故潔其儀（言如麟之復出也）冠仁服義干櫓書詩（干櫓盾也禮記禮義以爲干櫓此則言以書詩爲干櫓也○櫓音魯）忠貞繼佩智勇承綦（綦屨飾音渠之切）跨騰商周（騰音縢）堯舜是師道不勝禍天固余欺鬼神齊怒妖孽咸疑（孽魚列切）何付之德而奪其時嗚呼哀哉命姓惟呂

勤唐以力輔寧萬邦受胙爾國史記齊太公呂尚其先爲四岳佐禹平水土有功封於呂國語有曰胙四岳國命爲侯伯賜姓曰姜氏曰有呂胙報也維師元聖詩維師尚父書聿求元聖周以降德世征五侯左傳僖四年管仲曰昔召康公命我先君太公曰五侯九伯女實征之以夾輔周室伊祖之則嗣濟厥武前書是式至于化光爰耀其特春秋之元儒者咸惑君達其道卓焉孔直聖人有心由我而得溫從陸質治春秋敷施變化動無不克推理惟工舒文以翼宣于事業與古同極道不苟用資仕乃揚進于禮司試禮

部也奮藻含章决科聯中貞元十四年尚書左丞顧少連知禮部貢舉温中第休問用張署讎百氏讎校也温爲秘書省校書郎錯綜逾光超都諫列温與王叔文常執誼善再遷左拾遺屢皂其囊袁夢麒漢制叢録云漢官儀凡章奏皆啓封其言密事乃用皂囊東方朔言文帝集書囊爲殿幃瞿醻又言文帝飾帷帳於皂囊者指此其後靈帝詔蔡邕指陳政要具對經術以皂囊封上遵前制也帝殊爾能人服其智戎悔厥禍欸邊求侍戎謂吐蕃欸命也求侍者遣子入侍盛選邦良難乎始使君登御史贊命承事二十年六月以秘書監張薦爲吐蕃弔祭使温以工部郎中副之轉侍御史風動海壖說文壖城下田也而宣切

皇威以致來揔征賦甲茲郎吏（元和九年使還溫遷戶部
員外郎）制用經邦時推重器諸臣之復（一作後非）周
官匪易（周禮宰夫之職掌諸臣之復萬民之逆注云復報也反也反報於王）漢
課牋奏鮮云能備（後漢左雄奏請自今孝廉年不滿四十不得察舉皆
先詣公府諸生試家法文吏課牋奏）君自他曹載出其技（其一作於）
筆削自任羣儒華議正郎司刑（溫自戶部員外郎遷司封
員外郎刑部郎中）邦憲為貳（貳副也竇羣為御史中丞請溫為知雜故云邦
憲為貳也）糺逖伊肅（左傳糺逖王慝注云逖遠也有惡者糺而遠之一本作糺
安肅邪）謟諛具畏（一作邪謟具畏）遷理于道（三年宰相李吉甫以

疾在第召醫人陳登診視夜宿于安宿里第温問知之詰曰令吏捕登詰問之又劾奏吉甫交通術士憲宗異之召登而訊其事皆虛十月再貶温道州刺史民服休嘉

恩跡若昵惕邇如遐實閑其閎汲黯爲東郡太守臥閤不出歲餘東海大治而撫于家載其愉樂申以舞歌賦

無吏迫威不刑加浩然順風從令無譁緜蠻

外邑我薾盈車雜耕隣邦我黍之華既字其

畜亦藝其麻鼙鼓斯屛說文鼙大鼓也音皐屛必郢切人喜

則多始富中教論語子適衛冉有僕子曰庶矣哉冉有曰既庶矣又何加焉曰富之曰既富矣又何加焉曰教之興良廢耶考績既成王

◎

用與嗟陂于嶽濱（温自道州遷衡州刺史嶽濱衡嶽之濱也）言進其律（禮記王制諸侯有功德於民者加地進律）號呼南竭謳謠北溢欺吏悍民先聲如矢逋租匿役歸誠自出兼并旣息罷羸乃逸惟昔舉酋盜奔于鄰（左傳文十六年晉士會爲太傅晉國之盜逃奔于秦）今我與仁化爲齊人惟昔富人或賑之粟（左傳文十六年宋公子鮑禮於國人宋饑竭其粟而貸之又襄二十九年鄭饑而未及麥民病子皮以子產之命餼國人粟戶一鍾）今我厚生不竭而足邦思其弱人戴惟父酋胡召災仁胡罹咎俾民伊怙而君不壽嬌嬌貪

凌乃康乃茂嗚呼哀哉廩不餘食藏無積帛
藏才浪切內厚族姻外賙賓客恒是懸罄國語齊孝公謂
魯人曰室如懸罄野無青苗何恃而不懼逮茲易簀禮記曾子寢疾病曾元易
簀注簀謂牀笫易簀音亦責僮無凶服葬非舊陌嗚呼哀
哉君昔與余講德討儒時中之奧禮記君子之中庸也
君子而時中希聖爲徒志存致君笑詠唐虞揭茲
日月莊子昭昭乎若揭日月而行以耀羣愚疑生所怪怒
起特殊齒舌嗷嗷說文嗷衆口愁也嗷牛刀切雷動風驅
良辰不偶卒與禍俱直道莫試嘉言罔敷佐

羣一作郡

王之器窮以郡符秩在三品宜謚王都諸生羣吏尚擁良圖故友咨懐累行陳謩是旌是告永永不渝嗚呼哀哉

唐故尚書戶部郎中魏府君墓誌魏府君弘簡史無傳公謂居又同開故哀而銘之按公世系其河東人父鎮徙於吳則府君亦吳人矣

魏氏世墓于某縣某原唐興有聞士諱之遏者遏他歷切又音狄與子及孫咸舉進士嗣爲儒家綿州涪城尉諱全琎琎與寶同魏州臨黃主簿諱

欽慈太常主簿諱緄音袞尚書膳部員外郎兼
江陵少尹諱萬成凡五代名高而不浮於行
才具而不得其禄江陵府君諡之以閎達之
量經緯之謀故豪士賢大夫痛慕加厚生郎
中府君諱弘簡字曰裕之以文行知名既冠
而德禮聞於鄉黨既仕而法制立於官政温
桒發乎外見而人莫不親直方存乎内久而
人莫不敬由進士策賢良連居科首建中元年弘簡
中進士第貞元元年又中賢良授太子校書歷桂管江西福

郎

建宣歙四府爲判官副使累授協律郎大理評事三爲御史（諸本多無三爲兩字）賜緋魚袋在州六年而人樂之廉使崔衍曰吾敢專天下之士獨惠玆人乎（貞元十一年八月衍自虢州刺史爲宣歙池觀察使辟弘簡爲副）遂獻于天子拜度支員外轉戶部郎中邦賦克舉人望適重年四十七貞元二十年九月三十日不疾而歿震悼之聲遐邇一辭（一作一同一作同辭）且曰斯人也而不得爲舍之利中人其悳乎君嘗三娶而卒無主婦庭無倚廬（戰國）

此注誤王孫
毋云倚閭此
廬指壹人

世

策曰王孫賈毋謂賈曰汝朝出而晩來則吾倚門而望暮出而不還則吾倚廬而望倚廬服舍倚木爲之故名堂無抱孫有令兄弟以主其喪有孝女以守其祀故哭于客位弔于殯東者咸加哀焉凡爲部從事府喪而當其位者三州鈌而居其守者二皆得其理君之先再世貧不得葬故以禄仕遊於諸侯薄衣食損車馬凡十有餘祀卒獲于厥心其族屬之無主後者皆位於墓姊姪之無歸從者咸會于家由是處約以終其。既歛家宰庀其政家宰家之老者庀治

（也具也○尨匹婢切）視廩唯釜鍾（昭三年左氏齊舊四量豆區釜鍾四升爲豆各自其四以登於釜釜十則鍾是四升爲區四區區爲釜釜六斛四升也四釜爲鍾鍾六斛四斛也視廩唯釜鍾言其家無餘財）視藏唯束帛無餘積焉十有一月遣車歸于洛師（周禮巾車云大喪飾遣車遣車送死者之車說文遣祖奠也書朝至于洛師洛師師洛陽○遣詰戰切）某日祔于墓監察御史柳宗元聞其道而覈其文也久居又同閈（閈里門也音翰）故哀而銘之其辭曰

郎中之道惟直是保淳泊坦厚温恭孝友郎中之文惟孝是宣溥暢周流炳蔚紛綸爲周

賢能（周禮卿大夫之職三年則大比考其德行道藝而興賢者能者）爲漢賢良（漢史武帝詔丞相御史列侯中二千石二千石諸侯相舉賢良方正直言極諫之士）始任讎校篇籍有光仍授使檄訏謨用揚（詩訏謨定命訏大也）二居郎位征賦以理休聲載起顯命伊始生而不壽孰知其止殁而不嗣孰濟其美有翩其旗爰舉裳帷行道遲遲望墓而歸象物是宜（象物明器）卜筮孔時里人作銘不愧于辭

唐故朝散大夫永州刺史崔公墓誌

公集又有祭崔史君敏文即永州公也文謂某等咸以罪戾謫茲南方誌云以某年月日歸葬某縣則此誌作於永州

維元和五年九月十五日壬子永州刺史崔公薨于位享年六十八乙未殯于路寢莊三十一年公薨于路寢路寢何正寢也注天子諸侯皆有三寢一高寢二路寢三小寢景寅遷神于舟以某年某月日歸葬于某縣某原祔于皇考吏部侍郎贈戶部尚書府君之墓尚書諱漪漪於宜切又音醫玄宗南巡内禪聖嗣禪音擅府君以謀畫定命起一旅以復天下

左氏有衆一旅旅五百人厥功載焉天寶十五載六月玄宗狩蜀留太子討賊太子次平凉朔方節度判官崔漪迎太子治兵于朔方七月甲子太子即皇帝位是爲肅宗俗本作崔猗字誤尚書之先曰貴鄉丞贈太常少卿府君諱子寔太常之先曰楊州江都丞府君諱道禎陟盈切行高位卑華冠士族公諱其諱敏字某承世德之清源浚之以蠲潔蠲亦潔也音圭淵切以端其志采羣言之枝葉植之以茂實以脩其能始由右千牛備身佐環衛武德五年改隋左右備身府曰左右府顯慶五年改左右府曰左右千牛府按考唐百官志左右千牛衛上將軍各

（一人掌侍衛及供御兵仗千牛備身左右執弓箭宿衛又云千牛備身備身左右各十二人掌執御刀）更盩厔三原藍田尉（盩厔隸鳳翔藍田三原隸京兆皆縣名盩音輈厔音窒）仍有大故三徙同位（言三徙皆爲尉也）繼授許州臨潁汝州龍興令推以直道二邑齊風哥舒曜尹河南（曜字子明興元元年自東都畿汝節度使遷河南尹）鯨寇猾鰲黎人播越表公尉河南糗糧芻茭（書峙乃糗糧無敢不逮峙乃芻茭無敢不多糗熬米麥也茭乾芻○糗去久切又丘救切）戎備畢給版圖田洫（周禮聽閭里以版圖版戶籍圖地圖洫溝洫也應邵云溝廣四尺深四尺洫廣深倍於溝洫許域切）民事時乂遷揚

州録事叅軍實吳楚之大都會也[都會者謂一都之會]政令煩拏[汝加切]貢奉叢沓一日不萺[觀文意萺當是葺字轉寫作萺耳諸韻無此字唯吳本楚辭中有如此書者今從葺葺音七入切]鐫譙四至[譙責讓又曰鐫譙言鐫秩誚譙之也○鐫遵全切譙才笑切譙亦作誚]公爲之優游有裕長史司徒杜公與之揖讓異於賓僚[貞元元年十二月以杜佑爲揚州長史淮南節度使佑奏敏爲州叅軍異字一本作夷]入爲太子司議郎拜歸州刺史巖險湍悍人類鳥獸古號難理公克有聲遷永州刺史朝散大夫惟是南楚風浮俗鬼[其俗尚鬼也]

戸爲胥徒家有襪裋襪裋皆除殺之桼裋音裋謂裋禦桼至之害大者虐鰥孤以盜邦賦敺愚蒙以神訛言悖于政經莫有禁禦公於是修整部吏黜侵凌牟漁者數百人牟取也以付信于下而征貢用集擒戮妖師毀焄蒿淒昏者千餘室禮記焄蒿悽愴焄蒿香臭之氣淒昏左氏所謂淒昏之鬼也。焄音薰以舉正羣枉而田閭克和寬以容物直以率下邦人方安其理搢紳猶鬱其望體魄遽降禮運體魄則降志氣在上哀何有窮嗚呼公前夫人徐州參軍滎陽鄭鉅

女有子曰羲和早夭後夫人萬年尉范陽盧彤女嘉淑之德繼聞宗族有子曰貽哲貽儉克承于家洎公之兄子曰厲曰禮誠願志于墓無忘公之德銘曰

孰爲德門清河濬源崔氏清河郡人其流沄沄沄沄說文轉流也一本作遠哉沄沄世有顯懿揚其清芬煥炳增華昭于後昆惟魴與鯉詩豈其食魚必河之魴豈其食魚必河之鯉裴氏清河人故以魴鯉喻之言世有顯德也○魴音防舊史是尊孰爲茂功尚書清風將爲戶部尚書藹其有融勃焉而興左傳

禹湯罪已其興也勃焉披草從龍易雲從龍此言濟從肅宗之起於靈武也

布令諸夏敷和六戎赫矣太陽克昇于中孰

爲惠政公嗣餘慶形于謳咏小程其功大遂

其性黜吏是省黜下八切妖風以正于邑于邦一作施于邑邦克揚休命孰爲遺愛公去昭代邦人斯

瘼詩使我心瘼瘼病也瘼莫佩切始焉是賴今也何戴孰葬

我公于洛之會何以銘之徽音不昧徽美也

故永州刺史流配驩州崔君權厝誌

崔君簡字子敬

博陵崔君（崔氏出自齊丁公呂伋食邑於崔因以爲氏後分清河博陵二望）由進士入山南西道節度府（貞元五年中進士第）簡始掌書記（山南西道節度使辟爲掌書記）至府留後五徙職六增官至刑部員外郎出刺連永兩州未至而連（連州）之人愬君（愬音訴）御史按章具獄坐流驩州幼弟訟諸朝天子黜連帥（連帥河南觀察使也）罷御史小吏減死投之荒外而君不克復元和七年正月二十六日卒孤處道泊守訥奉君之喪踰海水不幸遇暴風二孤溺死七月某日

柩至于永州時公爲永州司馬八月甲子藁葬于社壇之北四百步崔氏世嗣文章君又益工博知古今事給數敏辯善謀畫南敗蜀虜嚴礪屢破劉闢之師西遏戎師其慮皆君之自出後餌五石五石丹砂之屬病瘍且亂說文云瘍創癰也音陽又音易一本即作易非是故不承于祊今尚有五丈夫子夫人河東柳氏簡娶公之姊德碩行淑先崔君十年卒公有柳氏誌其葬在長安東南少陵北君以寘没家又有海禍力不克祔三年將復故葬也徒志其一

二大者云

鯢爲祖畢爲父世文儒積彌厚簡五世祖太師子挹國子祭酒挹子湜爲平章事湜子鯢鯢子畢司直畢子簡其名子敬字宅本皆作字敬守年五十增以二葬湘瀅說文云瀅水涯也瀅音筮非其地後三年辭當備

唐故萬年令裴府君墓碣裴府君葬在元和十三年碣蓋是時作

公諱墐字封叔河東聞喜人聞喜絳州縣太尉公諱行儉行儉字守約實高祖侍中公諱光庭光庭字連

城玄宗侍中實曾祖刑部員外郎府君諱稹稹以蔭仕累遷起居郎祠部員外郎稹字一本作植非實祖大理卿府君諱儆實父公由進士上第貞元三年墐中進士校書崇文館崇文有校書郎二人掌校理書籍飭館事修整左春坊由是立署局貞元八年隸左春坊後叅京兆軍事按覆校巡大尹恒得以取直爲太常主簿唐太常寺主簿二人從七品上搜遯疑互遯他歷切探抉遯隱抉音決遯音鈍宿工老師不得伏匿皆來會堂下者股肱役喉喙以集樂事作坐立二部伎圖卿奇其績奏超

◎

以爲丞太常寺卿一人丞二人司空杜公聯奉崇陵禮儀再以爲佐貞元二十一年正月德宗崩七月以太常卿士杜黄裳平章事爲禮儀使十月葬崇陵元和九年正月順宗崩仍以杜黄裳爲使七月葬豊陵黄裳再辟墐爲判官離紛尨尨雜貌導滯塞闕百執事條直顯遂司空拱手以成自開元制禮諱去國恤章高宗顯慶三年正月長孫無忌等上所修新禮詔中外行之時許敬宗李義甫用事所損益多希旨學者非之太常博士蕭楚材等以爲預備凶事非臣子所宜言遂焚國恤一篇由是凶禮遂闕至開元二十年九月新禮成遂因之不改累聖陵寢皆因事擘綴擘音覽綴秣衛切取一切乃已有司卒無所

来

徵公乃撰二陵集禮公集有裴君豊崇二陵集禮後序藏之南閣轉殿中侍御史仍拜尚書比部員外郎會校成要比部員外郎掌勾會內外賦斂經費之事會大計也周禮聽出入比其要會注云要會計最之簿書月計曰要歲計曰會朞歲畢具刺金州決高弛隟說文弛弓解也隙阬塞也弛賞是切隟當作隙隙音丘戟切公集隙字皆作隟檢韻無隟惟有勦音巢縣名也去人水禍渚焚原莽闢成稻粱陟萬年令叢劇辨肅談宴終日人視之若居冗官然會金州猾吏揚言恐喝以煩褻事褻音屑曰不得三十萬吾能爲禍公大怒

召罵之恣所爲吏巧以聞御史按章具獄再謫道州循州爲佐掾會赦量移吉州長史元和十二年秋七月日病痁泄卒痁詩廉切泄音薛始公以唯諾聞長安中奔人危急輕出財力如索水火性開蕩進交大官不視齒類挾同列收下輩細大畢歡喜博弈知聲音飲酒甚少而工於糺謫謠舞擊咢咢亦歌也詩或歌或咢纖屑促密皆曲中節度而終身不以酒氣加人晝接人事夜讀書考禮收捃策牘捃拾也音俱詠切未嘗

釋手以是重諸公間初娶范陽盧氏無子後夫人柳氏（柳氏即公之姊）德爲九族冠生三男子奭其二焉貞元十六年某月日卒祔于長安御宿之北原（御宿長安地名漢書亦作御𥦗）冢子銑（蘇典切或添泊永二字）奉柩以明年月日克葬于墓銑以文書來柳州告其叔舅宗元願碣于墓左則涕爲之銘其辭曰

有蘙其馨惟裴之鄉（墐父敬爲大理卿）世服大僚（書有服在大僚謂世爲大僚也）仍耀烈名封叔申之（申重也）實惟

其英儺書官闈謂校書崇文館佐職于京謂爲京兆府叅軍太常命吏以能增秩相儀考禮大弁斯畢書卛循大卞大卞大法也弁與卞同鳩工展伎謂作坐立二部伎圖爰備聲律或圖或書藏之府室史于柱下史記老子傳周守藏室之史也索隱曰藏室史乃周藏書室之史又張陽傳老子爲柱下史即藏室之柱下因以爲官名墠爲殿中侍御史故云史于柱下也郎於會司周禮司會之職以参互考日成以月要攷月成以歲會考歲成以周知四國之治墠爲比部員外郎故云郎于會司○會古外切會徵循以周大比是宜作牧于金人允懷潚防漢澨漢澨漢水之澨澨水際也金州臨漢故云漢澨墊

沃卒移（書下民昬墊　墊都念切）增秫歲食昜其芋魁游手閒民（閒民無職事者）相顧聚來徵爲萬年治劇于都百務敘成談宴以娛誰恤誰恃不忍悍吏胡巧其辭按章以遂由道斥循施施三年（施余支切）更赦進資盧陵是遷人曰世德宜慶于廷又曰良能宜力之宣朝有大賚（語曰周有大賚賚善人是富　賚賜也）期賜其還（一作睘）鬼神不享命殞在前（元和十二年十月平吳元濟十三年正月大赦而墠以十二年七月卒故云殞命在前也）長原有墓高曾祖父淑靈是祔（淑靈謂柳氏也）封叔爰

歸左右惟具孤銑磨石祈辭海陬公時爲永州刺史爲作此碣遂升其趺于道之周

河東先生集卷第九

東吳郭雲鵬校壽梓

河東先生集卷第十

誌

唐故中散大夫檢校國子祭酒兼安南都護御史中丞充安南本管經略招討處置等使上柱國武城縣開國男食邑三百户張公墓誌銘并序 公名舟事

詳見本篇注誌銘在永州作

漢光中興馬援雄絕域之志漢光武建武十六十年交趾女子徵則反自立爲王十七年以馬援爲伏波將軍往討之晉武一統陶璜

布殊俗之恩晉書陶璜字世英孫皓時都督交州諸軍事晉武帝因而任之在南方三十年威恩著于殊俗安南卽古交州也故舉援璜之事理隨德成功與時竝今皇帝載新景命今皇帝憲宗也詩云景命有僕景命明命也丕冒海隅書丕冒海隅出日罔不率俾丕大也時惟公祗復厥績交趾之理唐安南中都護府本交趾郡武德五年改曰交州治交趾其續于前人公諱某諱缺字某某郡人也曾祖彥師朝散大夫尚書駕部郎中祖瑾懷州武德縣令考清朝議郎試大理寺丞贈右贊善大夫咸有懿美積爲餘慶公以忠肅循

其中以文術昭于外推經旨以飾吏事本法理以平人心始命蘄州蘄春主簿句會斂給勾會會討也會古外切厥聲顯揚仍以左領軍衛兵曹爲安南經略巡官申固扞衛有聞彰徹轉金吾衛判官三歷御史績用弘大揚于天庭加檢校尚書禮部員外郎換山南東道節度判官復轉郎中爲安南副都護賜紫金魚袋充經略副使遷檢校太子右庶子兼安南都護御史中丞充本管經略招討處置等使史元和元

年四月舟自安南經畧副使充本管都護公自爲吏即上所言爲安南巡官副使云習於海邦凡其比較勤勞利澤長久去之則夷獠獮亂去謂爲山南東道節度判官獠西南夷名○獠魯皓切又竹巧切復至而冦攘順化及受命専征得陳嘉謩謩拔禍本納於夷軌乃命一其貢奉平其歛施牧人盡區處之方制國備刑體之法道阻而通百貨地偏而具五人儲偫委積偫待也周禮門關之委積以待施惠委積牢米薪芻之總名偫直里切羽獮賦音雉委於僞切積子智切師旅無庚癸之呼左傳哀十三年吳申叔儀乞糧於公孫有山氏

對曰吳登首山以呼曰庚癸乎則諸注云庚西方主穀癸北方主水繕完板榦榦築垣之板也控帶兼戊已之位西域志漢元帝初元元年置戊已二校尉注戊已中央鎮覆四方文單環王單虜姓可單氏後改爲單氏文單即陸眞臘一曰婆鏤環王本林邑一曰占不勞一曰占婆○單都寒切怙力背義公於是陸聯長轂長轂戰車海合艨艟艨艟音蒙衝戰船所以突敵者再舉而克殄其徒元和四年八月環王寇安南舟敗其衆三千人獲戰象并王子五十九人廓地數圻圻千里地春秋傳今大國多數圻矣○圻音沂以歸於我理烏蠻酋帥負險蔑德公於是外申皇威旁達明信一動而悉朝其長取

州二十以被於華風易皮弁以冠帶化姦宄爲誠敬皆用周禮率由漢儀公患浮海之役可濟可覆而無所恃乃剗連烏連烏疑是山名。剗音枯以闢坦途鬼工來并人力罕用沃日之大沃日之大海也東成通溝摩霄之阻硩爲高岸硩毁也周官有硩蔟氏音昔又丑列切而終古蒙利公患疆場之制一彼一此而不可常乃復銅柱廣州記馬援到交趾立銅柱爲漢之極界舟復之馬摠充安南都護夷獠便之乃於漢所立銅柱處以銅一千五百斤特鑄二柱刻書唐德以繼伏波之迹以此誌覲之則張公亦嘗有是作特史不書耳爲正制鼓鑄既施精堅是立固圉之下圉邊陲左傳亦聊以固吾圉也明若白黑易野之守周禮險野以人爲主易野以車爲主此言雖易而險也○易以豉切險逾丘陵而萬世無虞奇琛良貨爾雅琛寶也丑林切溢于王府周禮玉府掌王之金玉玩好兵器凡良貨賄之藏今本皆作王府殊俗異類盈于槀街漢書陳湯傳郅支縣頭槀街槀街街名蠻夷邸在此邸若唐鴻臚客館三輔黃圖云槀街在長安城門內漢時所立也優詔累旌其忠良太史嗣書其功烈就加國子祭酒封武城男食邑三百戶凡再策勳策勳言書勳於策紀有功也至上柱國三增秩至

中散大夫某年月薨于位年若干天子震悼傷辭有加傷辭謂贈策也明年其孤某官與宗人號奉裳帷率其家老咨于叔父延唐令某卜宅于潭州某原孔子曰卜其宅兆宅墓也葬用某月某日人謀皆從龜兆襲吉書龜筮協從卜不習吉注云習因也今作襲亦因也乃刻茲石著公之閥以志于丘竁竁空壙也周禮大喪甫竁音釧又充芮切以告于幽明銘曰

周限荊衡荊衡之地在周非其所有至秦始并爲三十六郡秦開百粵秦始皇并天下分爲三十六郡平百粵又置閩中南海桂林象郡四郡○粵與越同

交州之治炎劉是設漢武帝元鼎元年定越地以爲交趾郡德大來服道消自絕伏波南征注見上漢威載烈宛陵北附孫皓降晉手書敕璜歸順晉武帝封璜爲宛陵侯晉政爰發我唐流澤光于有截詩海外有截注云四海之外截亦整齊皇帝中興武城授鉞言舟爲都護也肅肅武城惟夫之哲詩哲夫成城更歷毗贊言舟爲巡官副使也顯揚彰徹既受休命秉茲峻節度其謀猷守以廉潔厚農薄征匪貊匪桀孟子欲輕之於堯舜之道者大貊小貊也欲重之於堯舜之道者大桀小桀也貊音陌夷貊之人在荒服者二十而取一通商平貨

有來胥悅踐山跨海堅其鶴列列子必無盛鶴列於麗譙之間注鶴列陳兵也制器足兵潰茲蟻結蟻結言小寇如蟻聚也烏蠻屈服文單剪滅柔遠開疆會朝天闕銅柱乃復環山以碧齊語環山於牢環繞也碧碧摘墮也海無遘迕音午又音忤寇罔踰越琛賮之獻賮徐刃切亦作贐同周于窮髮莊子窮髮之北窮髮不毛之地帝嘉成德載旌茂閥增秩策勳土封斯裂位厄元侯年虧大耋說文年八十曰耋〇耋音迭邦人號呼夷裔悽咽卜葬長沙連岡啓兆書銘薦辭德音罔缺

唐故邕管經略招討等使朝散大夫

節持都督邕州諸軍事守邕州刺史兼

誌御史中丞賜紫金魚袋李公墓銘幷序

公諱某諱位字某實惟文皇帝之玄孫太宗初諡文皇

帝別子曰承乾別筆列切爲皇太子以藩愛逼奪

危慄致禍後封恒山爲愍王贈荊州大都督

太宗長子承乾武德三年封恒山王九年立爲皇太子正觀中魏王泰有寵於上潛有奪嫡之意七月廢承乾爲庶人天寶中復故封謚曰愍王繼別曰象蘄春

郡太守贈越州大都督封郇國公大宗曰玭

禮記別子爲祖繼別爲宗繼禰者爲小宗注曰別子爲公子始來在此國者後世以爲祖繼別爲宗者別子之世適也族人尊之謂之大宗是宗子也繼禰爲小宗者父之適也兄弟尊之謂之小宗誌謂別子曰承乾繼別曰象大宗曰玭以是推之可考矣○玭步田吡賓二切說文玭珠也夏書作蠙太子詹事贈祕書監生庾異翼二音尚書左丞凡四代有土田居貴仕公丕承之以率南服克荷天休繼有功德公始以通經入崇文館唐崇文館學生二十人課送舉試如弘文館登有司第選同州參軍入佐金吾衛貞元十九年十一月以振武節度使范希朝爲右金吾大將軍奏位佐其府進太僕主簿參引大

駕府移爲左右神策行營兵馬節度以爲推官貞元元年五月以希朝爲左右神策京西諸城鎮行營兵馬節度使鎮奉天復奏位爲府推官拜監察御史賜緋魚袋凡二使其率皆范司空希朝率將帥也字與帥同進殿中侍御史湖南都團練判官永貞元年十一月以御史大夫薛苹爲湖南都團練使苹辟位爲判官以寬通簡大輔治得中道府遷主後事師人愛慕欲以貞元故事爲請公恐懼抑留復從浙東爲都團練副使元和三年正月苹自湖南遷浙東轉侍御史又徙浙西一本二徙五年字並作從如其職八月

華遷仍以位爲副使加著作郎凡三使其率皆薛大夫

莘刺岳信二州得劉向秘書以能卒化黃白

劉向傳淮南有枕中鴻寶苑秘書言神仙使鬼物爲金之術向幼而讀誦以爲奇獻之言黃金可成上令典尚方鑄作事日召徒試術爲仇家上變就

鞫無事勑笞殺告者猶降建州司馬位爲信州刺史

好黃老道數禱祠部將韋岳告位集方士圖不軌洪州監軍高昌奏位謀大逆追捕位劾禁中薛存誠孔戣一日三表請付御史臺詔戣與三司雜治無反狀岳坐誣罔誅貶位建州司馬詔曰信州刺史李位心希秘術跡狎匪人謂捕影之可求乃先風之是黜名教之內本無異端典刑之中豈容僻好可守建州司馬云

陟刺泉州會烏獄

夷（獦字諸韻無疑是猲楚詞猛烏猲犬戎也猲牛佳牛巾二切或作烏滸即黄洞蠻也○一本作會烏滸夷叛即無下刺字）刺殺郡吏毆縛農民詔以

公都督邕州兼御史中丞賜紫金魚袋爲經

略招討使既至則韔弓櫜甲（韔弓衣櫜囊也所以藏甲韔與弢同它刀切櫜音託）去斥候禁部內無敢以賊名使得

自澣濯（澣胡管切）諸酋長咸頓首送款故虜獲輸

稅奉貢願比內郡人遣子吏都督所（言爲吏於都督所也）人復耕稼無有戚刑居五月塡有黑螭鼓

江（螭音癡狀似龍無角）流壞北岸直城南門覆船殺人

然後去父老泣曰吾公其殆矣嘗合汞流黃丹砂爲紫丹說文云汞丹砂所化爲水銀也汞胡貢切與澒同能入火不動以爲神服之且十年然卒以是病暴下赤黑數日甍實元和十三年六月十五日年五十七僚宰庀事有緹五兩緹赤帛也兩疋也周禮無過五兩○緹音題又宅禮切兩直讓切無金銀泉貝泉錢別名貝說文海介蟲幾不克斂夷人號呼致幣歸以明年月日葬附其穆長安西南高陽原上穆昭穆也父爲昭子爲穆夫人陳氏先公十五年沒父曇亦都督邕州

終貞元十三年六月以陳曇爲邕州經略使孤孟輿愿且文亞曰仲權次曰季謀年自九歲以下有兩壻博陵崔行儉勁峭有立志滎陽鄭師貞敏捷能羣皆聞名銘曰

文濬維祥文謂文皇帝實亘實延冢讓不嗣宗以支傳郇公克庸詹事繼賢湜湜左丞湜說文水清也湜視力切惟道之宣公寬且惠以教則順五參戎政謂佐金吾衛左右神策行營湖南浙東浙西凢五府二佩郡印謂典岳信二州師歡民愛克懷以信諴辭告訕訕一作訟卒白

于一作乎

其訊鳥獝猖狂盜海剽山帝命于南逖彼羣
蠻虎龍煌煌英蕩是將周禮山國用虎節澤國用龍節皆金爲之象龍虎之狀英蕩函器舟之金玉詩何以舟之維玉及瑤舟帶也謂帶以金玉以爲公服公旣蒞止蒞臨蒞也詩方叔蒞止告以文
理推義赴仁弢弓服矢弢音韜解見上闢是垣壘完
其父子復我邦賦弛于卒士貌不功矜情不
伐喜蠻人涕懷投刃以俟方底成績虫孽告
妖悍石搆灾升屋而號升屋招虎也推髳卉裳書島夷卉服卉猶蕉葛之屬推音搥髳音介卉詡里切○來膊來觀膴膴鱗

原膴美也詩周原膴膴○膴音武鱗一作鮮鮮善也詩度其鮮原祔之顯魂松栢芊芊芊芊草盛貌芊音千封域安安代有高墳堯文之孫

唐故邕管招討副使試大理司直兼貴州刺史鄧君墓誌銘

君諱某字某南陽人漢司徒禹之世也禹字仲華南陽新野人漢光武時爲大司徒曾祖倚皇連州普城令祖少立皇滄州司馬考邕皇左武衛兵曹參軍惟君敏給以御下廉忠以承上幹蠱之稱易幹

父之蠱蠱事也○蠱音古洽於諸侯信謹之跡彰于所涖
故自始仕以至沒世未嘗無聞焉初以試太
常寺奉禮郎更職於劒南湖南江西前後連
帥咸器其能以柄於事於劒南劒南節度使韋皐辟佐其
府則亭擬閱實亭亦平也閱實謂檢閱核實之也書閱實其罪以循
官刑書鞭作官刑盡哀敬之情書哀敬折獄致淑問之
須詩淑問如皐陶淑問善聽訟也寬猛之適克合于中於湖
南貞元十八年九月以太常少卿楊憑爲湖南觀察使以鄧佐其府則外按
屬城內專平準涖卝人錫石之地周禮卝人掌金玉錫

石之地而爲之禁厲以守之說文丱銅鐵樸石也與礦同○丱號猛切叅皀氏鼓鑄之功周禮皀氏爲鍾兩欒謂之銑銑間謂之于于上謂之鼓溢山告祥國用益贍吏無並緣以巧法並蒲浪切人無怨讟以苦役讟怨也音讀凡處斯職莫能加焉於江西永貞元年十一月以楊憑爲江西觀察使以鄭爲從事則旁緝傳置下繩支郡俾無有異政以一於詔條財賦之重待君而理無何邕州經略使路公恕奏署試大理評事兼貴州刺史元和元年邕管經略使路恕辟佐其叅帷幕之任董龜虎之威龜龜印虎虎符謂其爲貴府

州刺史也夷俗敬愛華面受事易曰小人革面朝廷將以武定南服命安南大校御史中丞趙良金爲邕州二年以良金爲邕州復以君兼招討判官録其異能奏加司直昇招討副使兼統橫廉貴三州事尨茸之下尨茸亂貌尨莫江切茸如容切直道有立獷悍之内獷古猛切悍音汗義威必行賦增而不擾法一而無憾然以憂慄間於多虞此乃哀五年卒左氏之詞成耳目之塞道致齒牙之猾晉語獻公卜伐驪戎史蘇占之曰遇兆挾以銜骨齒牙爲猾齒牙爲猾以象讒口之爲害元和五年五月

二十一日疾卒於公館年五十五明年其月日遷葬於潭州某原夫人隴西李氏大理評事練之女年三十三貞元十六年終於郴州有子四人曰贄曰某贄十三年矣哀禮具焉京兆尹弘農公（楊憑時尹京兆）始由湖南爲江西再以君爲從事知之最厚痛君之能不施於劇任惜君之志見屈於羣疑且以誌授宗元使備其闕古者觀其所使而知在上之德今也觀其所使（一本作以字）而知在下之誠嗚呼可無

辭乎銘曰

曼姓之裔[左氏楚子夫人鄧曼鄧曼姓後以國氏]司徒隆漢惟君是承有植其幹始屬奉常出叅藩翰議讞西蜀[讞議獄也○讞語蹇魚戰巨列三切]平其狴犴[揚子狴犴使人多禮乎狴犴獄也狴岸二音狴又音邊迷切]巡視南楚總玆條貫貿遷化居[書懋遷有無化居今作貿貿交易也化謂以其所有易其所無居謂近水者居魚塩近山者居林木之類也]貨殖攸贇[子曰賜不受命而貨殖焉注唯材貨是封殖也贇助也]攺煎鎔範貢輸增筭[筭數也]既飭財賦[飭整備也周禮飭化百財是也]亦專傳館[傳柱戀切]去牧荒

（陬謂爲貴州刺史也）肅其聽斷欻歘以息（欻歘古暴奪攘字）戾斯逭行非選事進不避難始頼其寧終聞見憚疾與憂積志隨蝇散年極中身（書文王受命惟中身中身年五十也）葬茲高岸才耶命耶君子興歎

呂侍御恭墓誌

（公嘗爲衡州刺史東平呂君温誄令誌其弟侍御恭之墓其稱述二君盖詳）

呂氏世居河東（史云河東人）至延之始大以御史大夫爲浙東道節度大使（乾元二年六月以延之爲浙江東節度使）延之生渭爲中書舍人尚書禮部侍郎刺

湖南十州渭字君載貞元十三年爲禮部尚書知貢舉擢裴延齡子操居上第會入閤遺私謁之書于廷九月罷爲湖南觀察使生四子溫恭儉讓以溫爲尚書郎再贈至右僕射初贈陝州大都督元和初溫爲戶部員外郎再贈渭尚書右僕射恭字敬叔他名曰宗禮或以爲字實惟呂氏宗子尚氣節有勇略不事小謹讀從橫書漢書從橫十二家一百七篇○從子容切理陰符握機孫子之術周書陰符九篇握機亦曰兵書名孫子十三篇我師尚父胄也詩維師尚父師尚父呂望恭之先也大父洎先人咸統方岳今天下將理平蔡兖冀幽蔡吳元濟

之一作爲

兖李師道冀成德軍幽盧龍軍也洎戎猶負命蚤夜呼憤以爲宜得任爪牙畢力遍天子命作文章咸道其志云又曰由吾兄而上三世世爲進士吾之文不墜教戒獨武事未克纘厥緒纘作因管切棄去從山南西道節度府掌書記爲山南西道節度使嚴礪掌書記預謀畫不甚合以試守軍衛佐加協律郎入薦爲長安主簿復出以監察御史參江南西道都團練軍事元和二年正月以韋丹爲江南西道都團練使恭爲軍府參軍府表進殿中侍御史府即江南西道爲桂

管都防禦副使元和八年去桂州相國尚書鄭公遞留假嶺南道節度判官元和五年三月以故相禮部尚書鄭絪爲嶺南節度使至此年恭去桂州絪留爲府判官至廣州病痎瘧加⿸疒帶痎舊本作疥胥山沈公謂當作痎○痎音皆發瘧也瘧音虐⿸疒帶下病也音帶又音帝六月二十八日卒妻裴氏戶部尚書延齡女有丈夫子三人曰爽曰瓌曰特女子三人曰環曰鸞曰倩皆幼行於道而倩又死遂以柩如洛陽祔葬於大墓歟志呂氏世仕至大官皆有道宜與於世溫洎恭名爲豪傑知

者以爲是必立王功活生人不幸温刺衡州
年四十卒元和六年温卒恭未及理人年三十七又
卒世固有有其具而不及其用若温恭者耶
恭貌奇壯有大志信善容物宜壽考碩大而
又不克呂氏之道惡乎興銘曰
渢渢之風乎不可追左傳襄二十九年五月吳季札來聘爲之歌齊札曰美哉泱泱乎大風也哉表東海者其太公乎爲之歌魏曰美哉渢渢乎呂氏太公後當言泱泱今作渢渢誤也渢渢大聲也○渢音馮有志之大乎今安
歸呂君去我死乎吾誰依

唐故嶺南經略副使御史馬君墓誌

馬君史無傳表系亦莫詳

元和九年月日扶風馬君卒命于守龜命占也祔于先君食食者以墨畫龜然後灼之兆順食墨則爲吉也卜葬明年某月庚寅亦食其孤使來以狀謁銘宗元刪取其辭曰君凡受署署辟署往來桂州嶺南江西荊南道往來一作往往事皆大府凡命官吏佐軍衛録王府事謂爲王府録事叅軍番禺令番禺廣州縣名上音潘下音愚江陵戶曹録府事亦謂爲江陵府録事叅軍監察御史

皆爲顯官凡佐治由巡官判官至押番船使（嶺南節度府有押番舶使舶蠻夷汎海之舟音白）經略副使皆所謂右職（右職要職也）凡所嚴事御史中丞良（良未詳）司徒祐（興元元年三月杜佑爲嶺南節度使）嗣曹王皋（建中三年十月以皋爲江西觀察使貞元元年四月徙荊南節度使）尚書胄（貞元十七年正月以戴胄爲江西觀察使八年二月徙荊南節度使）尚書伯儀（大曆十二年五月以張伯儀爲嶺南節度使建中三年三月徙荊南節度使）尚書昌（元和元年四月以趙昌爲嶺南節度使三年四月徙荊南節度使）皆賢有勞諸侯其善事凡管嶺南五府儲跱（五府謂嶺南安南桂容邕也韓文公集有

送鄭權尚書序曰嶺之南其州七十其二十二隸嶺南節度府其四十餘分四府府各置帥峙丈里切亦作峙出卒致穀以謀叶平哥舒晃大曆八年九月循州刺史哥舒晃反十年十一月江西觀察使路嗣恭討平之假守州邑謂爲番禺令也民以便安殄火訛殺吏威海盐增筭邦賦大減所至皆用是理年七十不肯仕曰吾爲吏逾四十年卒不見大者今年至慮耗年至謂七十當致仕也今俗本誤作年志終不能以筋力爲人羸縮因罷休以經書教子弟不問外事加七年卒君始以長者重許與聞凡交大官皆見禮

司徒佑嘗以國事徵顧謂君曰願以老母爲累受託奉視優崇盍忘其子之去君諱某字某曾祖某某官父某某官嗣子隴西李氏出曰徵由進士爲右衛冑曹早没次四子皆京兆韋氏出曰儆曰倣曰敏曰庭女一人嫁柳氏壻曰宗一（宗一公之弟也）其銘曰

不懈于位不替于謀慮殺以平（殺口候切一本作役）撫民以蘇僭火不孽（一本作孽火不作一本作僭夫不孽）悍吏不牟（二句即前所云殄火訛殺吏威也牟侵牟）惟賓于鹽亦贏其籌

公以忠施私以義躋既至于年乃靜于懷衣柔膳甘子侍孫携（侍一作掖）觀經考古教導斯齊克壽克樂嗚呼終哉于陰之原爰位其墓千萬子孫來拜來附

唐故安州刺史兼侍御史貶柳州司馬孟公墓誌銘（孟公名常謙事詳注本篇）

孟氏之孤遵慶奉其父命書九篇爲善狀一篇（善狀行狀也）來告曰日月君夔日月將葬于其敢請刻辭嗚呼公自假左贊善大夫栢王司

馬（無桓王）太常少卿爲義成軍中軍兵馬使（貞元二年九月以賈耽爲義成軍節度使耽辟常謙爲中軍兵馬使）其帥魏國公耽爲宰相（九年五月耽入爲宰相）命公左領軍衛將軍（左右領軍衛將軍各二人）事德宗順宗今上立朝九年加朝議大夫居喪會用兵于趙（一無于字）起復居故官爲左神策行營先鋒兵馬使（元和四年十月詔削奪成德軍節度使王承宗官爵命神策右軍中尉吐突承璀率兵討之以常謙爲先鋒兵馬使）知牙而趙兵罷（五年七月赦承宗）不受祿去金華服喪終期命安州刺史仍加侍御史安州防過

兵馬使貶柳州司馬公嘗佐魏公平襄陽靖梁州大曆十四年十一月以耽爲梁州刺史山南西道節度使建中三年十一月以耽爲襄州刺史山南東道節度常謙皆佐其府立義成軍耽鎮義成時淄青李納雖去王號外奉朝旨而心常蓄併吞之謀耽待之不疑淄青將士皆心服不敢異謀魏公弘大恢奇公能以任軍政是以又爲衛將軍虔恭潔廉動得禮節伐趙之役堅立堡壘誓死麾下法制明具權力無能移進不避患退不敗禮安州迫寇攘安州迫淮西之境時淮西吳元濟叛多戎事政出一切爽以文持之故貶明年元和

九年用兵于蔡一無于字朝廷諸公洎外諸侯咸以公爲請未及徵氣乘肺溢爲水浮膚而卒年六十惟公志專于中貌嚴于外嘗立廷中毅然望之若圖形刻像聞國難輙不寢食謀度憤吒吒怒也陟駕切以故病不可治曾祖某官諱某祖某官諱某父某官諱某公之諱曰常謙子遵慶弟曰某銘曰

魯仲孫氏其世爲孟孟氏世出魯桓公子仲孫之後仲孫爲三桓之孟故曰孟氏云賁勇光武孟賁古之勇士音奔軻儒紹聖公傳

師法以訓戎政執稽以庸稽士卒兵器簿書也周禮聽師田以簡稽是也咸致厥命濟濟于朝冕服以光墨非從利墨謂墨絰其衰絰終役服喪服一作復一忠孝孔明君子攸彰昔者雲中六級下吏魏尚為雲中守虜常一入尚帥車騎擊之坐上功幕府差六級文帝下之吏公刺于安法亦可議黜伏南荒豪士獻欷上虛下希又音戲聞難以激去食廢寐神乖氣離支膈莫遂廷臣進言侯伯拜章帝命將施俄仆于京京字誤代山九九植栢與松詩松栢九丸丸九松栢高直之貌它本作代山兀兀恐非其名惟何忠

孝孟公

故連州貟外司馬凌君權厝誌公與凌君元和元年同貶貟外司馬此誌永州作集又有哭連州貟外凌司馬詩別集又有後誌而諸本不載今列之此篇後

年月日元和三年尚書都官貟外郎和州刺史連州司馬富春凌君諱準準字宗一卒于桂陽佛寺桂陽連州先是六月告于州刺史博陵崔君曰余甞學黃帝書切脉視病今余肝伏以濇脉濇而不滑也○濇音色腎浮以代將不臘而死審矣臘歲終祭名左

一本丙戌字亦作戌且云元戌子之往辰戌非衝以误

傳虞不凡余之學孔氏爲忠孝禮信而事固臓矣大謬卒不能有立乎世者命也（有立俗本作有亦誤）臣道無以明乎國于道無以成乎家下之得罪于人以謫徙醜地上之得罰于天以降被罪疾余無以禦也敢以鬼事爲累又告爲老氏者某曰余生於辰今而寓乎戊（元和三年歲在戊子）辰戊衝也吾命與脉叶其死矣乎吾罪大懼不克歸柩於吾鄉是州之南有大岡不食（禮記檀弓子高曰我死則擇不食之地而葬我焉）吾甚樂焉子其以是葬

吾及是咸如其言云孫夷仲求仲以其先人之善余也勤以誌爲請嗚呼君字宗一以孝弟聞于其鄉杭州刺史常召君以訓于下讀書爲文章著漢後春秋二十餘萬言又著六經解圍人文集未就有謀略尚氣節賙人之急出貨力猶棄粃粺上音匕下旁卦切與稗同年二十以書干丞相丞相以聞試其文日萬言擢爲崇文館校書郎又以金吾兵曹爲邠寧節度掌書記泚涇之亂建中四年十月涇原節度使姚令言反推朱泚爲主準時

爲邠寧掌書記，以謀佐其以謀畫佐元戎常節度使韓遊瓌破賊有功有大功，累加大理評事、御史，賜緋魚袋，換節度判官，轉殿中侍御史。府喪罷職（貞元十二年五月邠寧節度使張獻甫卒），後遷侍御史，爲浙東廉使判官（十八年正月以常州刺史賈全爲浙東觀察使，以準爲判官），撫循罷人（罷音疲），按驗汙吏，吏人敬愛。厥績以懋，粹然而光，聲聞于上，召以爲翰林學士（二十一年正月自浙東召爲翰林學士）。德宗崩，邇臣議秘三日乃下遺詔，君獨抗危詞以語同列，王伾畫其不可者十六七，乃以旦日發喪（癸巳德宗崩甲午發喪）六師萬姓安其分遂入爲尚書郎（遷尚書都官員外郎）仍以文章侍從由本官叅度支調發出納姦吏衰止（王叔文兼度支鹽鐵副使以準佐其府一作姦利又一誤作姦和）以連累出和州降連州（永貞元年九月自都官員外郎貶和州刺史十一月再貶連州司馬員外置同正員）居母喪不得歸而二弟繼死不食哭泣遂喪其明以没蓋君之行事如此其報應如此夫人高氏在越孫四人南仲殷仲在夫人所未至執友河東柳宗元哀君有道而不明白於

天下離愍逢尤夭其生且又同過見題注故哭
以爲志其辭哀焉銘曰
噫凌君生不淑學孔氏楊芬郁好諆謨富天
禄讎禁書謂準嘗爲崇文館校書郎贊推轂謂爲汾寧掌書記觀
靈龜獲貞卜徙東越翊明牧爲浙東觀察判官罷人
蘇汚吏覆升侍從躬啓沃匡危疑興大福吏
尚書徒隸肅佐經邦財用足道之躓音致身則
辱烏江垂烏江和州九疑麓九疑連州山名仍禍凶遘茲
酷能知命無怨毒罪不泯死猶僇音戮何以葵

一本作嘗有罪其柩

南嶺曲魂有靈故鄉復封兹壤歸骨肉爲之銘志陵谷

故連州員外司馬凌君墓後誌

元和某年月日立太子赦下（元和四年立太子寧王肆赦元和七年六月立遂王宥爲皇太子降德音二説未詳孰是）嘗有非其罪柩得返葬凌氏孤夷仲求仲自連桂陽舉其先人之柩龜筮吉利某年月歸于杭之新城祔于其墓刻前志志其行蓋以後志志其時立碣於墳東南隅申志于外噫亦勤矣以其先

人之行宜克大于後以其孤之志宜克承于
初艱其躬以延于無窮承而大宜哉

故嶺南鹽鐵院李侍御墓誌

天寶中詔李氏由凉武昭王以下凉武昭王名暠字玄盛唐高祖其七世孫也皆得籍宗正故沂州刺史福以
姑臧人姑臧郡凉州附屬於寧岐為族寧王憲岐王範皆玄宗弟曾祖生樂壽令昱昱生虢州司馬叶世以
儒聞叶生監察御史瀚字濯纓明兩經仕歷
永與臨晉尉會天子方事誅伐南平蔡元和十二

年十月平蔡州北服趙十三年四月成德軍節度使承宗以德棣二州歸于有司西走戎補注戎謂吐蕃東討齊魯東平節度使李師道五年間兵征卒戍羅行千里凡進用唯財賦爲難君以試大理評事佐荆南兩稅使督天下諸侯之半調食饒給車擊舟連今本擊字誤作繫○連字或作運又守湖南鹽鐵轉運院以能遷官移嶺南益積功勞以介厲敦勤爲率群吏先一無率字年五十三元和十三年月日卒妻盧江何氏凡五世世鄭出父曰士諤季父曰士幹士幹永泰二年及進

士第累爲藩鎮有大名君之子二人曰夔曰導女一
人曰某夔導皆幼不能事何夫人哭且戒柩
行萬里人咸觀其禮焉葬伊闕用明年某月
日甲子銘曰
涼爲帝基涼即謂涼武昭王克顧厥胤皇弘國牒四
邑顯進沂以屬尊世仕倚儒憲憲濯纓亦用
學徒既穀既官式懋爾勞四方用師卒食之
饒致其廉介率是諸侯于荆于交任荆南兩稅使關
石是鈞書關石和鈞三十斤爲鈞四鈞爲石邦有休功惟吏之

勤冀施于大以盡其有孰司壽夭君不克久
吉日來祔伊闕之墓子嗣孫承有達宜與傳左
昭七年聖人有明德者若不當世其後必有達人
銘詔于神永永是
徵

河東先生集卷第十

東吳詔雲
鵰梭壽梓

河東集　十一〜十三

誌碣誄表誌

共二十

河東先生集卷第十一

誌碣誄

故試大理評事裴君墓誌君之諱字考之史表

皆不詳元和十四年卒誌亦是時作也

裴氏之昭說文廟昭穆父爲昭南面子爲穆北面係從父坐昭音韶曰贈
戶部尚書諱某諱守眞穆曰起居郎諱某諱僑卿
生均州刺史諱某諱叔猷均州與其弟大理大理
名伯言爲刑部貟外郎贈大禮卿更爲刑部郎用文史名於
朝善杜禮書長子曰某長子叔猷之長子也射進士策

一本弘作弜字同

不中去過汴韓司徒弘迎取爲從事（弘爲汴州刺史）宣武軍節度使以聞拜太子通事舍人進大理評事當伐蔡及鄆汴（蔡謂吴元濟鄆謂李師道汴當作州字之誤也）常爲軍首贊佐有勞既事將侍太夫人于京師道發疽（子余切）元和十四年月日終於河南敦厚里年若干字曰某弟某以其喪歸葬于某縣某里未果娶有男子二人女一人男之長曰某通兩經始杖且廬銘曰

世守不遷秀于士鄉不利有司爰客于梁（謂射）

進士策不中去爲汴州從事汴大梁也梁委其躬乃相戎政宫臣理屬宫臣謂爲太子通事舍人理屬進大理評事仍受國命南蔡圵曹北曹亦李師道也師道有鄆曹濮等十二州五載首兵柔剛輔理平視太平馬牛既寧謂放牛歸馬皆獲安寧也告養于京即上云將侍太夫人于京師棧車草草我來用道詩有棧之車乘彼周道棧車役車也周道洛陽○棧仕諫切載飢載勞神奪其孝形經于洛魂其焉如庶終爾誠陰侍里閭膳飲不違有弟之恭既安且盈厥志斯從銘之故人以慰爾衷

故大理評事柳君墓誌注具本篇

晉之亂，柳氏始分，曰耆爲汝南守，居河東。耆父景猷，晉侍中，有二子，長曰耆，爲汝南太守；少曰純，爲平陽太守。又五世曰慶，相魏。耆子恭，後趙河東太守。恭曾孫緝，宋州別駕、宋安郡守。緝子僧習，與豫州刺史裴叔業據州歸魏，爲楊州太中正。僧習子慶，字更興，後魏侍中、左僕射。魏相之嗣曰旦，旦字匡德。仕隋爲黃門侍郎。其小宗曰楷，禮記：別子爲祖，繼別爲宗，繼禰者爲小宗。○旦二子，長曰則，次曰楷，以其居次，故爲小宗。至于唐，刺濟、房、蘭、廓四州。楷生夏縣令府君諱繹，繹生司議郎府君諱遺愛，皆葬長安少陵原遺愛生御史府君諱開葬南陽其嗣曰寬字存諒讀其世書揚于文辭南方之人多諷其什頗學禮而善爲容漢儒林傳徐生善爲容容謂容貌威儀之事脩吏事始仕家令主簿進左驍衛兵曹試大理評事爲嶺南節度推官荆南永安軍判官府罷爲游士出桂陽桂陽郡郴州下廣州中厲氣嘔泄卒於公館元和六年八月七日也年四十七前娶琅邪王拱子拱國子祭酒後娶河東裴陵子陵告成令裴氏之出曰裴七

君之從弟以君之喪歸過零陵哭且告于宗元曰吾伯兄從事嶺南其地多貨其民輕亂能以簡惠和柔匡弼所奉假守支郡海隅以寧閭狠仇怨敦諭克順從公于荆綏戎永安仍專郡治政用休阜是時蜀寇始滅蜀寇劉闢邦人瘡痍懷君之澤咸忘其痛其理也惠而不施之於大其行也和而不至于年其言也文而不顯其聲令將以某月日祔葬苟又不得令辭而誌焉是無以蓋前人之大痛敢固以

請嗚呼余懼辭之不令以爲神羞余曷敢不
諾銘曰
柳族之分在北爲高充于史氏世世相重侯（自慶以下四世爲相封侯）中書之世寔曰蘭州（蘭州謂楷）夏縣政
良（夏縣謂縡）司議德優（司議謂遺愛）營營御史（御史謂開）乃
佐元侯惟君是嗣其政克脩儲闈補吏（謂爲家令）
環衛分曹（謂爲左驍衛兵曹）南越之庬從事以寧永
安披攘荐仍于兵是董是經旣柔且平浩浩
呻呼華爲和聲胡不使壽而奪之齡柩于海

壖壖城下田也〇壖而緣切抠一作挻壙于鄧邦壙塹穴也謂祔葬南陽〇壙苦謗切厥弟孔哀惟行之恭呱呱小子呱音孤繈而不廬繈音崔充充令妻髽首而居禮記男子免而婦人髽髽以麻約髻也〇髽莊華切鳥獸號鳴助我踟躕禮記鳥獸喪其羣匹越月踰時則必反巡過其故鄉鳴號焉踟躕焉乃能去之刻此悲辭藏之奥隅爾雅西南隅謂之奥

故秘書郎姜君墓誌

秘書郎姜崿音諤或作崿崿字某開元皇帝外孫也崿母玄宗女新平公主始楚國公皎與上游益貴幸皎與

玄宗有龍潛之舊先天二年預誅竇懷貞等
以皎爲銀青光禄大夫工部尚書封楚國公
子慶初得尚某公主皎子慶初生未晬玄宗許尚主後淪落二十年
李林甫爲相即皎之甥從容奏之天寶十載詔慶初尚主授駙馬都尉生咢咢
生三日上曰他物無以餉吾孫即勑有司以
第六品告與緋衣銀魚得通籍出入九名是
官七十某年終不徙然其間在蜀漢荆楚以
大諸侯命守州邑輙以勞稱時鈌則復命好
遊嗜音以生富貴畜妓能傳宮中聲賢豪大
夫多與連歡後加老風病手足奇右奇音畸音可

用不能就官士有載酒來則出妓摶髀笑戲髀股也音陛觀者尚識承平王孫故態他代切元和十四年月日終桂州都督御史中丞裴公曰桂管觀察使裴行立噫帝感也葬不可以廉爲具物祭以豚酒月日葬州東南一里子某年若干每曰雷姬銘曰

始賤終貴於世爲遂幼榮老窮在物爲凶均之得喪誰鈌誰豐若君者銀朱於始生鐘鼎以及壯不矍矍於進取矍矍疾走貌矍居縛切不施施

於驕侘左絃右壺樂以自放雖老而客死未甞戚乎巳與夫搴搴恐悸蒙謟負義得之拘拘榮不蓋愧以終其身而不能止者不猶優乎

亡友故秘書省校書郎獨孤君墓碣

嗚呼有唐仁人獨孤君之墓祔于其父太子舍人諱助之墓之後自其祖贈太子少保諱問俗而上其墓皆在灞水之左（灞水出藍田谷北入渭隸長安○灞音霸）今王父營陵於其側故再世在此嗚

呼獨孤君之道和而純其用端而明內之爲孝外之爲仁默而智言而信其窮也不憂其樂也不淫讀書推孔子之道必求諸其中其爲文深而厚尤慕古雅善賦頌其要咸歸于道昔孔子之世有顏回者能得於孔子後之仰其賢者譬之如日月而莫有議者焉嗚呼獨孤君之明且仁如遭孔子是有兩顏氏也今之世有知其然者乎知之者其信於天下乎（一本作今之世有知其然者其信於天下乎少四字）使夫人也夭

而不嗣世之惑者猶曰尚有天道嘻乎甚邪君諱申叔字子重年二十二舉進士貞元十三年申叔中進士又二年用博學宏詞爲校書郎又三年居父喪未練而沒禮記三日而食三月而沐期而練練小祥也蓋貞元十八年四月五日也是年七月十日而葬鄉曰某鄉原曰某原嗚呼君短命行道之日未久故其道信於其友而未信於天下今記其知君者于墓韓泰安平南陽人李行諶元固其弟行敏中明趙郡贊皇人柳宗元河

東解人崔廣略清河人餘人皆有名字此獨言廣略當是脫誤韓愈退之昌黎人王涯廣津太原人呂温和叔東平人崔羣敦詩清河人劉禹錫夢得中山人李景儉致用隴西人嚴休復玄錫馮翊人韋詞致用京兆杜陵人

故襄陽丞趙君墓誌集注趙公矜之死自貞元十八年至元和十三年凡十七載之久來章乃能求於人所不知者而歸之公此誌非以補其事所以大其孝也

貞元十八年月日天水趙公矜其先河南新安人年

四十二（四或作三）客死于柳州官爲斂葬于城北之野元和十三年孤來章始壯自襄州徒行求其葬不得徵書而名其人皆死無能知者來章日哭于野凡十九日惟人事之窮則庚於卜筮五月甲辰卜秦⿰言利（直廉切或作利）兆之曰金食其墨而火以貴其墓直丑在道之右南有貴神冢土是守（書宜于冢土冢土社神）乙巳于野宜遇西人深目而髯其得實因七日發之乃覲其神明日求諸野有叟荷杖而東者（荷檐也）問之

曰是故趙丞兒耶吾爲曹信一云於是是邇吾墓
噫今則夷矣夷平也直社之北二百舉武禮記堂上
接武堂下布武武迹也吾爲子蕝焉說文會朝束茅表位曰蕝春秋置茅
蕝表坐蕝子悅切○辛亥啓土有木焉發之緋衣緅衾
周禮三入爲纁五入爲緅青赤色○緅將侯反凡自家之物皆在州
之人皆爲出涕誠來章之孝神付是叟以與
龜偶不然其協焉如此哉六月某日就道月
日葬于汝州龍興縣期城之原夫人河南源
氏先歿而祔之矜之父曰漸南鄭尉祖曰倩

之鄆州司馬曾祖曰弘安金紫光祿大夫國子祭酒弘安弟弘智唐史有傳始矜由明經爲舞陽主簿蔡師反貞元十五年淮西節度使吳少誠反犯難來歸擢授襄城主簿賜緋魚袋後爲襄陽丞其墓自曾祖以下皆族以位周禮墓大夫令國民族葬而掌其禁令正其位掌其度數注令族葬各從其親位謂昭穆也時宗元刺柳用相其事哀而旌之以銘銘曰

[言+利]也挈之挈謂鑽龜也○挈音契信也蕝之有朱其紱神具列之懇懇來章神實恫汝恫痛也音通錫之

老叟告以兆語靈其鼓舞從而父祖孝斯有終宜福是與百越蓁蓁（音榛）羈鬼相望（羈鬼謂羈旅而亡者相望在外而望還也望音忘）有子而孝獨歸故鄉涕盈其銘旌爾勿忘

故温縣主簿韓君墓誌

有唐故温縣主簿（一本作有故唐温縣主簿）韓慎字某漢弓高侯其先也（韓王信子穨當封弓高侯）徙于南陽傳世至今唐侍中諱瑗（瑗字伯玉祖時爲相）高克用貞亮奮于國難侍中兄子郢州刺史諱某某生御史

著作郎諱某某生尚書庫部郎中萬州刺史諱某郢州著作郎萬州刺史史皆不詳其名字嗣以文行大其家業君萬州長子也萬州三子慎豐泰以父任爲建陵挽郎肅宗山陵曰建陵累調授王府參軍襄州襄陽尉至于是邑貞元十六年又調于天官署河陽丞未拜十有一日暴病卒于長安永崇里先人之廬又十有二日龜策襲吉襲因也謂龜筮皆吉祔于咸陽洪瀆原先人之墓禮也先三日外姻家老左氏傳士踰月外姻至謀爲之志季弟泰泰字安平

亦為祠部郎中哀不能文故託于友焉嗚呼生也以其弟之恭知君之為友沒也以其弟之戚知君之為愛惟友愛出于孝移于忠施於人事無往不達余故得受其辭書于石曰友而愛而忠孝宜之貌稱其行行稱其詞賊而不壽為善是悼祔于祖考初筮攸告易初筮告再三瀆瀆則不告季也之純寘哀無垠終窶且貧詩終窶且貧窶亦貧也○窶郡羽切控于仁人備物稱家禮記子由問喪具子曰稱家之有無其儀式陳爰相其悲載刻茲珉

東明張先生墓誌（張因死於封時公在永封與永近故其徒從公誌墓）

東明先生張氏曰因因嘗有以文薦於天子天子策試甚高（因舉詔策）以爲長安尉一年投去印綬願爲黄老術詔許之（因乞爲道士上許之）居東明觀三十餘年受畢法道行峻異得衆真秘書訣籙（籙籍也）聚經籍圖史侔於麟閣（漢有麒麟閣藏書之府）以弟回降秩封州先生曰吾老矣支體不可解也遂從以去明年回之子龔死哭之慟遂

病既亟以命回曰吾生天寶訖貞元乙酉歲十月乙酉當是貞元二十一年今死于汝之手盈吾志矣京師吾生也畢原先人之歸也畢原在長安文王所葬處必以返葬乃自爲誌而卒明年正月某日葬如其言弟子某等爲碑以誌于墓辭曰

匪禄而康匪爵而榮漠焉以虛充焉以盈言而不爲華光而不爲名介潔而周流苞涵而清寧幽觀其形與化爲冥寂寞以成其道是以勿嬰世皆狂狂奔利死名我獨浩浩端一

以生或曰先生友悌以遁慈幼以死若不能志情者何耶吾曰道去友耶去慈耶從容以求其得之耶盪莽狠悻悻亦很也盪音蕩很下懇切悻下耿切舊本悻作幸胥山沈晦謂當作悻道之非耶且夫虧恩壞禮枯槁顛頷上音樵下音萃隳聖圖壽隳翾規切離中就異欻然與神鬼爲偶欻說文云有所吹起〇欻許勿切頑然以木石爲類倥侗而不實倥侗音空同窮老而無死先生之道固知異夫如此也乃書于石以紀

虞鳴鶴誄 幷序

維某年月日前進士虞九皐字鳴鶴終于長安親仁里既克葬于高陽原二三友生皆至于墓哀其行之不昭于世追列遺懿求諸后土申薦嘉名寔曰恭甫乃作誄曰

吴虞之分

史記武王克殷封太伯之後爲二國其一虞在中國其一吴在蠻夷

爰宅上陽

左傳僖五年晉侯圍上陽注上陽虢所都今云虞宅上陽未詳

其後優游在越爲鄉

虞氏世爲會稽人會稽越國

延詡輔漢

後漢永平三年延爲太尉八年爲司徒十四年自殺延字子大陳留東昏人順帝時詡官尚書令詡字升卿陳國武平人○詡况甫切

恢定封疆東徙之賢

時維仲翔吴志虞翻字仲翔會稽餘姚人曰頊曰喜在晉克彰虞喜字仲寧弟預字叔寧翻之族也義篤斯文有苾其芳説文苾馨香也○苾毗必蒲結二切秘書多能垂耀于唐世南字伯施太宗時爲秘書少監洎于漢陽世德以昌漢陽沔州郡名九皐父當終沔州刺史毗贊尚父九皐父當爲郭尚父從事休徵用揚惟我先君並時翱翔上牛刀切下音祥洽主記室郭尚父居朔方公父鎮爲記室與當同在幕府蔚其耀光實契伯仲永永不忘漢陽元子寔紹其美傳襲儒風彪炳文史克恭以孝惟禮是履譽洽于鄉論爲秀士

禮命鄉論秀士注秀士鄉
大夫所考有德行道藝者百郡之選叢于京
師昧没騰藉乘凌蔑欺生之始至則奮其儀
退默以謙默一作然人悦而隨名鄉是挈先進咸
推方出羣類振耀于時禍丁舅氏漂淪海沂
捧訃號呼匍匐增悲喪有幼主禮或多遺孰
徇于名而不是思授袂就道乘艱若夷竭誠
喪具申敬裳帷萬里來復祇祔于墓遽不夌
節儉而有度由其温恭守以貞固行道咨嗟
觀禮興慕復從鄉賦煥發其華克不再舉闈

于邦家倚閭千里歡詠斯多姻族盈門載笑且歌君之不淑名立志沮慶歸其鄉身終逆旅生死巳間壽觴方舉賀書在途委骨歸土哀歡易地弔慶交戶神胡不仁降此大苦嗚呼哀哉惟昔夏首羈貫相親（鎮爲岳鄂都團練判官當爲沔州刺史故公與九皐相善夏口鄂州也羈貫丱角也穀梁子云子生羈貫成童不就師父之罪也貫與丱同）通家修好講道爲鄰既冠于阼（音祚）思致其身升于司徒（王制命鄉論秀士升之司徒曰選士）及爾繼年（貞元九年公舉進士）交歡二紀莫間斯言愉乎其

和確爾其堅，更爲砥礪（砥音紙）咸去韋弦（西門豹以性剛急常佩韋以自戒，董安于以性寛緩常佩絃以自警）今則遽已。吾其缺然，嗚呼哀哉。誄行謚（謚行之迹也，音示）惟古之道，生而無位，沒有其號。惟是友生，徘徊顧悼，爰用壹惠（表記先王謚以尊名，節以壹惠，恥名之浮於行也）以幽明是告。溫溫其恭，惟德之經。先民有作，今也是旌。嗚呼恭甫，欽此嘉名。

故處士裴君墓誌

河東聞喜裴君（聞喜縣名，在唐屬絳州。裴君諱字不可得而考）諱其字其好學未仕年若干元和十四年月日終於京兆渭南墅墅田廬也墅承與切〇君之弟中丞公督桂州命其僚柳宗元元和十二年以御史中丞裴行立爲桂州都督桂管觀察使公時爲柳州刺史其管內也故云其僚以銘君之出河間邢羣以狀來告曰曾祖諱某諱守眞寧州刺史贈戶部尚書祖諱某諱僑卿起居郎父諱某諱伯言尚書刑部員外郎議官及浮圖事獨出載在史冊以八使行天下當河北道疑危頑佷難處分之地分扶問切一无分字用天子命制斷得

宜於時爲第一建中元年二月命黜陟使十一人分巡天下刑部員外郎裴伯言爲幽東澤潞懲邢等道黜陟使天下皆仰以爲相會疾終再贈至大理卿長老咸曰裴氏世積德起居丞相弟也丞相名耀卿字煥之事玄宗爲丞相以文史用大理名世人也咸聞而不大君以友悌慈植承其休光幽而不揚豈天鍾美於中丞嗇而不克並耶不然君無位以天其可問哉君前娶韋氏成都少尹士謨女生二子字曰某名曰某字名二字誤以文敏中丞公尤愛幸恆從不幸

卒於桂林其舉明經後娶於薛氏無子父寀
位卑是年月日葬渭南某里遷韋夫人之喪
韋字諸本作奉自萬年來有俟猶異室銘曰
疇之沃沃說文疇耕治之田宜其嘉穀有耕有耨同
施異祿明昭次穆昭音韶丞相之族尚書之孫
大理之門有慶實延宜碩而繁不位不年晦
于丘園懿懿大理惟德之元摧佐抑釋太史
是論即上云議官及浮圖事載在史冊也摧佐俗本作權佐誤黜陟冥幽
邦命以尊神壽豐福不弃于君渭之洋洋爰

墓其南孝思是懷祖考之依郡人作銘惟相其哀一作不弁于君

覃季子墓銘本篇云永州作

覃季子其人生愛書貧甚尤介特不茍受施施智切讀經傳言其說數家推太史公班固書下到今橫竪鉤貫竪音樹又且數十家逼為書號覃子史纂又取鬻老管莊子思晏孟下到今鬻子書名名熊為周師自文王以下問焉漢志鬻子二十二篇○鬻音育其術自儒墨名法漢志有儒墨名法等九流至於狗蝨草木凡

有益於世者爲子纂又百有若干家篤於聞不以仕爲事黜陟使取其書以氏名聞建中元年二月遣黜陟使十一人分巡天下除太子校書某年月日死永州祁陽縣某鄉將死歎曰寧有聞而窮乎將無聞而豐乎寧介而躓乎躓音致將溷而遂乎溷胡困切葬其鄉其鄉所死之鄉也後若干年柳先生來永州戚其文不大於世求其墓以石銘銘

曰

困其獨豐其辱

續滎澤尉崔君墓誌 前誌贈太傅崔公祐甫爲之祐甫既卒而未克葬故公續誌以書其緩葬之故云

太傅公既志滎澤君之葬明年爲中書侍郎同中書門下平章事以卒大曆十四年閏五月以河南少尹崔祐甫同平章事明年建中元年六月卒贈太傅○一本云卒贈太傅無以字滎澤君之嗣曰膺備物具貨入于汴汴陷于戎四年十二月淮西節度使李希烈陷汴州喪焉不果行會世難不幸膺亦死膺之亞曰太素太素膺之弟仕至雲陽令求其志將行謫南海上元和九年移信中一作

州猶有累不克如其鄉大懼緩慢兹久哭命
其子某以某月日啓君之喪至于某葬用某
月甲子志用太傅公之辭又命河東栁某書
緩故且志終事之年月日

河東先生集卷第十一

東吳郭雲鵬校壽梓

河東先生集卷第十二

表誌

先侍御史府君神道表

公永貞元年八月謫永州司馬明年元和改元先夫人卒于永明年歸祔于侍御之墓表當作于是時

嗚呼先君之墓仲父殿中君誌焉殿中君即公爲作墓表及墓版文所謂叔父殿中侍御史者是也墓表及版文皆不載其諱唐宰相年表亦止曰某朔方營田副使殿中侍御史故其名不得考焉孤宗元不敢稱道先德然而無以昭于外者用敢悉取仲父之

所陳而繫其辭（繫辭者謂繫屬於正文之下猶易係辭之義）刻玆石表先君諱鎮字某六代祖諱慶後魏侍中平齊公（慶字更興河東解人魏尚書左僕射）五代祖諱旦周中書侍郎濟陰公（慶四子機弘旦肅旦字匡德仕隋爲黃門侍郎）高祖諱楷（旦二子則楷）隋刺濟房蘭廓四州曾伯祖奭（施隻切）字子燕唐中書令（則子奭高宗永徽三年三月爲中書令○奭爲侍御曾祖則當爲公高伯祖矣新史公傳及韓文公爲公作墓誌皆云曾伯祖若有誤焉）曾祖諱子夏徐州長史（借二子長曰子夏次曰繹）祖諱從裕滄州清池令皇考諱察躬（察躬弟爲臨邛令）湖

姪一作姓

州德清令世世德廉孝颺于河滸詩在河之滸滸涯也柳氏世家河東故云。颺音陽又餘亮切。士之稱家風者歸焉先君之道得詩之羣詩可以羣書之政漢太史公傳書記先王之事故長於政易之直方大易坤六三直方大不習無不利春秋之懲勸左氏春秋之稱微而顯志而晦婉而成章盡而不汙懲惡而勸善以植于內而文于外垂聲當時天寶末經術高第遇亂奉德清君夫人德清君夫人鎮母也載家書隱王屋山間行以求食深處以修業作避暑賦合羣從弟子姪講春秋左氏易王氏衎衎無倦衎空

（旱切又嘘旱切）以忘其憂德清君喜曰茲謂遯世無悶矣（易不易乎世不成乎名遯世無悶遯逃也）亂有閒舉族如吳無以爲食先君獨乘驢無僮御以出求仁者冀以給食嘗經山澗水卒至流抵大壑得以無苦被濡塗以行無慍容觀者哀悼而致禮加焉季王父六合君忤貴臣（忤逆也音誤）死於吏舍猶鞫其狀先君攺服徒行逾四千里告于上由是貸其閒既而以爲天子平大難發大號且致太平人權兵戎農去耒耜宜以時與

太學勸耦耕並二耜而耕曰耦耕作三老五更議禮記文王世子天子視學設三老五更之位鄭注云三老象三辰五更象五星蔡邕云三老三人五更五人更當為叟叟老稱籍田書齋沐以獻道不果用授左衛率府兵曹參軍尚父汾陽王居朔方尚父郭子儀為朔方節度使備禮延望授左金吾衛倉曹參軍為節度推官專掌書奏進大理評事以為刑法者軍旅之楨幹書峙乃楨幹注云題曰楨旁曰幹○楨音貞斥候者邊鄙之視聽不可以不具作晉文公三罪議左傳晉文公殺顛頡祁瞞舟之僑君子謂文公能用刑矣三罪而民服

守邊論議事確直勢不能容表爲晉州録事
參軍晉之守故將也少文而悍酣嗜殺戮吏
莫敢與之爭先君獨抗以理無辜將死常以
身扞笞箠拒不受命守大怒投几折簀音責而
無以奪焉以爲自下繩上其勢將殆作泉竭
木摧詩終秉直以免於耻調長安主簿居德
清君之喪哀有過而禮不逾爲士者咸服服
既除常吏部命爲太常博士常吏部名袞先君固
曰有尊老孤弱在吳願爲宣城令三辭而後

獲徙爲宣城四年作閿鄉令閿弘農鄉名○閿音閳又音珉考績皆最吏人懷思立石頌德遷殿中侍御史爲鄂岳沔都團練判官元戎大攘狄虜增地進律作夏口破虜頌後數年登朝爲眞會宰相與憲府比周誣陷正士陷一作諂以校私讐貞元四年陝虢觀察使盧岳卒岳妻分貲不及妾子妾訴之御史中丞盧佋欲重妾罪侍御史穆贊不聽佋與竇叅共誣贊受金捕送獄有擊登聞鼓以聞于上上命先君揔三司以聽理至則平反之鎮時爲殿中侍御史詔鎮與刑部員外郎李覿大理卿楊瑀爲三司覆治無之○反音番爲

相者不敢恃威以濟欲爲長者不敢懷私以請間羣宄獲宥邪黨側目封章密獻歸命天子遂莫敢言逾年卒中以他事（中，丁仲切）貶夔州司馬（逾年，叅卒中以宅事貶鎮夔州司馬）作鷹鸇詩居三年醜類就殛拜侍御史（貞元八年四月，叅得罪，復以鎮爲侍御史）制書曰守正爲心疾惡不懼先君捧以流涕曰（此本太史公自叙云：遷俯首流涕曰云云。前賢文章必有祖法）吾唯一子愛甚方謫去至藍田訣曰吾目無涕今而不知衣之濡也抑有當我哉作喜霽之歌副職持憲以正經紀貞元九年宗元得進士第上問有司曰得無以朝士子冒進者乎有司以聞上曰是故抗姦臣竇參者耶吾知其不爲子求舉矣是歲五月十七日終于親仁里第享年五十五七月某日葬于萬年縣棲鳳原後十一年宗元由御史爲尚書郎（爲尚書禮部員外郎）天子行慶于下申命崇贈而有司草創頗緩會宗元得罪遂寢不行太夫人范陽盧氏某官某之女實有全德爲九族宗師用柔明勤儉以

行其志用圖史箴誡以施其教故二女之歸他姓鎮二女長適崔簡次適裴瑾咸爲表式太夫人既授封河東縣太君會册太上皇后于興慶宮永貞元年八月憲宗尊其母良娣王氏爲太上皇后既乃宗元貶秩乃一作及爲永州司馬奉侍溫凊未嘗見憂元和元年五月十五日終于州之佛寺享年六十八嗚呼宗元不謹先君之教以陷大禍幸而緩於死既不克成先君之寵贈又無以寧太夫人之飲食天殛荐酷名在刑書不得手開玄堂

以奉安祔罪惡益大世無所容尚顧嗣續不敢卽死支綴氣息以嚴邦刑大懼祭祀之無主以忝盛德敢用特牲昭告神道號叫萬里以畢其辭云

先君石表陰先友記東坡云柳子厚記其先友六十七人於其墓碑之陰考之於傳卓然知名者蓋二十人此記迺用孔子七十弟子傳體

秦高河南人高字公顥滄州東光人以給事中敢諫爭貞直忠蹇舉無與比貞元元年正月德宗欲用吉州長史盧杞

爲饒州刺史命高草詔書高不從改命舍人草之制出高執之不下因言杞姦邪乃改杞豐州別駕能使所居官大再贈至禮部尚書憲宗朝宰相李吉甫言高忠蹇特贈禮部尚書見袁恕己傳

姜公輔愛州日南人爲内學士以奇策取相位公輔爲翰林學士朱泚叛從帝幸奉天屢獻奇策建中十四年十月自諫議大夫同平章事好諫諍免從幸山南唐安公主薨主上之長女也詔厚其葬公輔諫曰即平賊主必歸葬今行道所宜從儉以濟軍興帝怒興元元年四月罷爲太子左庶子後以罪貶爲復州刺史卒貞元八年十一月貶公輔爲吉州別駕順宗立拜吉州刺史未就官卒史有傳

齊映南陽人映瀛州高陽人今作南陽誤爲相貞元二年正月以映爲同平章事以文敏顯用有傳

嚴郢河南人郢字叔敖華州華陰人剛厲好殺號忠能爲京兆河南尹大曆十四年三月自河南尹水陸轉運使爲京兆尹御史大夫建中二年七月楊炎羅相盧杞引爲御史大夫善舉職爲邪險構扇以貶死是歲十月炎自左僕射貶崖州司馬杞用郢炎羅内忌之因事出爲貴州刺史有傳

元全柔後魏孝文皇帝之後河南人氣象甚偉好以德報怨恢然者也爲大官有土地建中二年九月自杭

州刺史拜黔中觀察使貞元　入爲太子賓
二年四月遷湖南觀察使

客

杜黃裳京兆人黃裳字遵素京兆杜陵人寶應二年中進士第弘大人也善言體要爲相貞元二十一年七月自太常卿平章事有牆仞不佞以謀克蜀劉闢作亂議者以劍南險固不宜生事唯黃裳堅請討除憲宗從之加司空出爲河中節度元和二年正月罷相爲河中節度有傳○一本作加河中節度無司空出爲四字

劉公濟河間人寬厚碩大與物無忤爲渭北節度貞元十八年十一月自同州刺史拜渭北鄜坊節度使　入爲工

部尚書卒二十年正月召爲工部尚書頃之卒

楊氏兄弟者弘農人皆孝友有文章○憑憑字虛受一字嗣仁由江南西道貞元元年十一月自湖南觀察使移鎮江西入爲散騎常侍自江西召爲左散騎常侍○凝字懋功以兵部郎中卒貞元十八年拜兵部郎中卒附楊憑傳○凌字恭履以大理評事卒最善文

穆氏兄弟者河南人懷州河內人皆強毅仁孝○贊爲御史中丞捍佞倖得貶贊字相明擢累侍御史陝號觀察使盧岳妻分貲不及妾妾子妾訴之盧佋欲重妾罪贊不聽佋與宰相竇參共

誣贊受金捕送獄第賞上寃狀　詔後至宣
三司覆治無之出爲郴州刺史
池歙處置使卒永貞元年八月自常州刺史拜宣歙池觀察處置使
十一月卒○質爲尚書郎以侍御史内供奉卒
最善文附穆寧傳
皇甫政河南人有威儀由浙東廉使爲太子
賓客貞元二年正月自宣州刺史爲浙東觀察使十三年三月入爲太子賓客
裴樞同郡人爲御史天子以隱罪誅吏樞頓
首願白其狀以故貶後爲尚書郎附裴遵慶傳
李舟字公度隴西人有文學俊辯高志氣以尚

書郎使危疑反側者再不辱命建中元年四月涇原別駕劉文喜據州叛命舟往使文喜因之五月文喜將劉海賓殺文喜降二年梁崇義欲爲變舟時爲金部員外郎遣詣襄州諭旨以安之諸道跋扈者謂舟能覆城殺將及至襄州崇義惡之上言軍中疑懼請易以他使其道大顯被讒妬出爲刺史發痼卒發一作癈

李鄘江夏人字建侯揚州江都人果檢自負嶷然善爲官爲御史中丞京兆尹順宗登極拜御史中丞永貞元年十月遷京兆尹元和元年二月召爲尚書右丞八月復爲京兆尹鳳翔節度二年六月拜檢校禮部尚書鳳翔尹鳳翔隴右節度使有傳

梁肅安定人字敬之一字寬中隋刑部尚書毗五世孫世居陸渾最能爲文一作最號能爲文以補闕修史侍皇太子爲皇太子諸王侍讀卒贈禮部郎中有傳

陳京字慶復陳宜都王叔明五世孫大曆六年中進士第泗上人始爲諫官數諫諍德宗自奉天還京師擢京左補闕屢有諫諍有內行文多詁訓爲給事中上方以爲相會惑疾惑一作感自刃發痼卒帝器京謂有宰相才欲用之會病狂易自刺弗殊再遷給事發一作癈中卒見宰相表

韓會昌黎人善清言有文章名最高然以故

多謗至起居郎貶官卒大曆十六年四月自起居舍人貶部州刺史卒見宰相年表○弟愈文益奇有傳

許孟容吳人子公範京北長安人大曆十一年中進士第讀書爲文口辯爲給事中當論事由太常少卿爲刑部侍郎貞元中以諷諭太切改太常少卿元和初遷刑部侍郎有傳

李覿大曆二年覿舉進士第隴西人行義甚脩至刑部郎中卒故與先君爲三司者也貞元四年覿爲刑部員外郎瑀爲大理卿公父鎮爲殿中侍御史覆穆贊之獄事已見鎮墓誌○其大理者曰楊瑀大曆九年進士瑀無可言猶以獄

直爲御史

宇文邈（大曆二年進士）河南人有文謹慤人也爲御史中丞齪齪自守然以直免官復爲刺史卒（見宰相表）

袁滋陳郡人（字德深蔡州朗山人）善篆書文敏不競（不競不爭也）爲相（永貞元年七月同平章事）出使辱命貶刺史（是歲十月以滋爲西川節度使徵劉闢爲給事中滋畏闢不敢進十一月貶滋爲吉州刺史）復爲義成軍節度卒（元和元年七月自吉州拜義成軍節度使至十二年爲湖南觀察使卒是時未卒也有傳）

盧羣范陽人字載初系出范陽雜博多所許與使反側之地天子以爲任事淮西節度使吳少誠擅決司洧水溉田使者止之不奉詔命羣往蔡州詰之少誠聽命以奉使稱旨遷撿校秘書少監爲義成軍節度卒貞元十六年四月拜義成軍節度使九月卒有傳

崔損清河人字至無系本博陵大曆十一年中進士第畏愼爲相貞元十二年十月自諫議大夫平章事無所發明初宰相趙憬卒盧邁以病在告議者謂遷有德及用損中外悵失而損性齪齪能自將延英進見不敢出一言及天下事然不害物天子獨愛幸以損爲長

者有傳

鄭餘慶滎陽人字居業鄭州滎陽人大曆十二年中進士第再爲相貞元十四年七月同平章事十六年九月罷永貞元年八月同平章事元和元年五月罷始天下皆以爲長者及爲大官名益少令爲尚書河南尹無恙元年十一月以餘慶爲河南尹有傳

鄭利用餘慶從父兄也大曆八年進士利用祖長裕許州長史二子諒慈明諒爲冠氏令生利用慈明爲太子舍人生餘慶眞長者由大理少卿爲御史中丞復由中丞爲大理少

卿

李益字君虞宰相揆之族子大曆四年中進士長於歌詩隴西姑臧人風流有文詞少有僻疾益少有癡病而多猜忌防閑妻妾過爲苛酷而有散灰扃戶之譚聞於時故時謂妬癡爲李益疾以故不得用年老常望仕非其志復爲尚書郎

王紓○其弟紹太原人字德素自太原徙京兆之萬年紹得幸德宗爲尚書在宰相之右貞元中爲戶部侍郎判度支德宗臨御久益不假借宰相自竇參陸贄斥罷中書取充位惟紹謹密眷待殊厚主計凡八年每政事多所關防紹亦未嘗一言漏于人令爲徐泗節

度元和元年十一月遷檢校尚書左僕射徐州刺史武寧軍節度使後以濠泗二州隸其軍紓有學術大暦十一年中進士第娶公伯祖臨卬令某之女魯直爲尚書郎魯遲也與論語參也魯之義同

路泌河南人以尚書郎使西戎留戎中度今巳年八十餘旣和戎十五年不得歸無爲言者泌字安期其先陽平人事渾瑊爲副元帥判官貞元三年閏五月瑊與尚結贊同盟于平凉爲蕃兵所刧泌等六十餘人陷虜中十九年吐蕃請和其子隋三上疏宜許不報依舊史附路隋傳

虞當會稽人會稽餘姚人爲郭尚父從事終沔州

刺史以信聞當有子曰九皐公有誅焉

賈弇大曆二年中進士第○弇古函切長樂人善士也爲校書郎卒○弟全大曆四年進士至御史中丞貞元十八年正月自常州刺史爲浙東觀察使

趙需大曆六年進士天水人、哻哻儒士也哻字當作哻况羽切商之冠名禮記檀弓下篇殷人哻而祭於趙需儒士無意義今按公集叚太尉逸事狀云太尉爲人姁姁常低首拱手姁音火羽切字出呂氏春秋云哻哻然相樂也今云趙需哻哻儒士也宜當作哻哻雖諸韻云冠名恐亦自有訓和煦樂易義有名至兵部郎中卒貞元元年正月以吉州長史盧杞爲饒州司馬需爲

補闕上疏論其不可

張式大曆七年進士南陽人

張莒大曆九年進士常山人

張惟儉大曆六年進士宣城當塗人皆善言詭式至河南尹貞元十六年九月式自河南少尹遷大尹水陸轉運使莒鄧州刺史惟儉和州刺史

奚陟江都人字殷卿其先自譙亳徙爲京兆人大曆十四年中進士柔敏至吏部侍郎貞元中至吏部侍郎十五年卒世謂陟善宜然其智足以自處也

盧景亮涿人字長晦幽州范陽人大曆六年中進士第有志義多所激發爲諫官奏書如水赴壑坐貶廢棄甚久建中初爲右補闕朱泚反景亮勸德宗曰陛下罪已不至則感人不深帝然之景亮志義崒然多激發與穆贊同在諫諍地書數上鯁毅無所回宰相李泌劾景亮漏上所語言引善在巳帝怒貶朗州司馬廢抑二十年至順宗時爲尚書郎升中書舍人卒憲宗時由和州別駕召還再遷中書舍人卒

楊於陵字達夫弘農人善吏敏秀者也爲中書舍人京兆尹貞元末爲中書舍人稍遷京兆尹

張因某人京兆長安人舉詔策爲長安尉願去官爲道士甚有名以其弟回降封州曰吾老矣必死回也哭而行遂死封州永貞元年卒公集有銘

高郢渤海人字公楚本渤海蓨人徙衛州有文章規矩自立者不干貴幸以太常爲相貞元十九年十二月自太常卿同平章事罷居尚書永貞元年正月罷相守刑部尚書有傳

唐次北海人字文編并州晉陽人建中元年進士第有文章學行義甚高以尚書郎出爲刺史屏棄貞元中宰

相賓參薦之爲禮部員外郎八年參貶官次坐出爲開州刺史在巴峽間十餘年不獲進用永貞中召以爲中書舍人道病去長安七十里死傳舍永貞元年八月以饒州刺史李吉甫爲考功郎中夔州刺史唐次爲吏部郎中並知制誥正拜次中書舍人卒

苗拯上黨人有學術峭直以諫議大夫漏泄省中語貶萬州卒

柳氏兄弟者先君族兄弟也○最大并字伯存爲文學至御史病聾遂廢○次中庸○中行公八世祖僧習二子鷟慶鷟子帶韋帶韋子祚祚子範範子齊物齊物子

◎

喜喜子弁中庸中行慶子旦旦子楷楷之
子子夏子夏子從裕從裕子察躬察躬子
慎慎子卽公
故爲族兄弟皆名有文咸爲官早死
柳登○柳冕者族子也登字成伯冕字敬
叔蒲州河東人自
其父芳字仲
敷與冕並居集賢書府冕文學
益健頗躁自吏部郎中出爲刺史貞元六
年十一
月上親行郊享上重愼祀典每事依禮時
冕爲吏部郎中攝太常博士與司封郎中
徐岳倉部郎中陸贄工部侍郎張薦皆攝
禮官同修郊祀儀注時上甚嘉之久之以
議論勁切執政不
喜出爲婺州刺史至福建廉使卒貞元十
二年三
月自婺州除兼御史中丞福州
刺史充福建都團練觀察使登晚仕至

尚書郎祕書少監附柳芳傳

薛丹同郡人至尚書郎

呂牧永泰二年中進士第由尚書郎刺澤州卒

崔積字寶方清河人至檢校郎官爲檢校金部郎中子羣爲右補闕贈給事中有傳

房啓河南人善清言由萬年令爲容州經略貞元十一年自萬年除容管經略使

于申河南人至尚書郎

常仲孺丞相袞之猶子河南人令爲諫議大夫見宰相表

蘇弁武功人字元容京兆武功人好聚書至三萬卷弁聚書至三萬卷皆手自刊校當時稱與秘書埒與先君通書以戶部侍郎貶貞元初爲戶部侍郎判度支坐給長武城軍粮朽敗貶汀州司戶參軍復爲刺史數年起爲除州刺史卒附蘇世長傳

崔芃蒲紅切博陵人善言名理爲御史尚書郎元和初爲尚書郎後爲江西觀察使

鄭元均建中二年進士滎陽人強抗少所推讓然以此多怨困不得仕

辛惲○建中元年進士惲紆憤切隴西人有史學

韓衢昌黎人善士
陳衆甫梓潼人高志氣
薛伯高同郡人好讀書號爲長者後至尚書
卒見宰相表
張宣力清河人儒善後表其名去力但爲宣
自元均至宣力皆没没無顯仕者
孤宗元曰先君之所與友凡天下善士舉集
焉信讓而大顯道博而無雜今之世言交者
以爲端敢悉書所尤厚者附兹石以銘于背

如右邵太史云子厚記其先友於父墓碑意欲著其父雖不顯所交游皆天下偉人善士列其姓名官爵因附見其所長者可矣反從而譏病之何也貶永州尚如此爲尚書郎時可知退之云不自貴重蓋其資如此

故殿中侍御史柳公墓表即公之叔父嘗銘先侍御者之墓表也其名諱不可考集元注云爲會葬人作豈以其備書本道節度張公乃遣殿中監李輔忠致賵侍御史韋重規等救助涉南周公巢等琢石書德以見其一時窆禮之盛耶

唐貞元十二年二月庚寅葬我殿中侍御史河東柳公於萬年縣之少陵原公諱某字某

邑居於虞鄉（虞鄉縣名屬蒲州）曾王父某官（曾王父子夏徐州長史）王父某官（王父從裕滄州清池令）皇考某官（皇考察躬湖州德清令）奕世餘慶叢而未稔濟德流祉其後宜大秀而不實（論語秀而不實者有以夫）爲善者惑嗚呼哀哉惟公敦柔峻清恪慎端莊進止威儀動有恒常英風超倫孤厲貞方居室孝悌與人信讓當職強毅游刃立斷自少耽學頗工爲文既窮日力又繼以夜鄉里推擇敦迫上道乃與計偕來游京師觀藝靈臺貢文有司射

策合程遂冠首科休有令問羣士羨慕居數年授河南府文學教勵生徒撰擇貢士周禮大司馬主羣吏撰撰謂擇之也○撰息轉切儒黨相賀庶人觀禮秩滿渭北節度使貞元二年七月以右金吾衞大將軍論惟明爲渭士鄜坊節度使延爲參佐總齊軍政甚獲能稱加太常寺協律郎既喪主帥三年十一月惟明卒於官罷歸私室方將脫遺紛埃退與道俱冲漠保神優柔隸儒四方聞風交馳鵠書載筆乘軺軺使者所乘車又曰小車○軺音姚乃作參謀出入朔方陪佐戎車四年七月以左

金吾將軍張獻甫爲朔方邠寧節度使表公爲參謀遷大理評事又加章綬朱裳銀印宗黨有耀權略密勿詩密勿從事潛機埋照完彼亭堡時其講教實從我謀隣國是儆攺度支判官轉大理司直出納府庫須給軍食下無儲斂力驗切儲一作諸黔首休息月校歲會周禮歲有會會古外切莫不如畫庫豐財羨羨餘也○羨延面切庫一作軍制成計得又遷殿中侍御史度支營田副使分闔之寄闔苦本切參制其半柔以仁撫剛以義斷戎臣坐嘯後漢書南陽太守岑公孝弘農成瑨

但坐嘯公堂無事朝蹕延首方待以位既而祿不及伐冰禮記注伐冰之家卿大夫以上喪祭用冰伐擊也政不獲專達周禮天官其屬六十大事則從其長小事則專達以其年正月九日遇疾終於私館享年五十嗚呼痛哉奔驥騁力中途踠足說文踠踠足趺也。踠烏卧於阮二切。高鴻輕舉在雲墜翼凡我所知哀慟無極本道節度尚書朗寧王張公張獻甫也震悼涕慕不任于懷臨遣牙將試殿中監李輔忠監備凶禮賵賻甚厚贈死曰賵賻助也。賵撫奉切賻符遇切行軍司馬侍御史韋重規等重規大曆五年登進士第賙匄救助詩凡民有喪匍匐救之事用無闕丹旐素車歸于上京撰期定宅撰息轉切莫有僁素僁音愆故友諸生宗人外姻號慟會葬哀禮咸申克窆玄堂窆葬下棺也窆音貶悲驗切掩坎廣輪禮記季子適齊於其反也其長子死葬於嬴博之閒既葬而完之廣輪掩壙其高可隱顧眄無依徘徊增哀願勒休聲延垂後賢於是汝南周公巢等公巢貞元十一年中進士相與琢石書德用圖不朽文曰

抱元淳稟粹和既強毅又柔嘉登儀曹謂試於禮

（部中進士）耀文章司學徒（謂爲河南府文學）儒風揚自渭

北來朔方戎政閑黜首康冠惠文（杜後惠垂文冠名）

朱裳才不施天茫茫刋樂石（樂石泗濱之石可爲磬者）篆

遺德（一作芳）延休烈垂憲則於萬年長無極

故叔父殿中侍御史符君墓版文

柳氏之先自黃帝歷周魯其著者無駭以字

爲展氏（魯孝公之子字子展謚曰夷伯子展孫無駭以王父字爲氏）禽以

食菜爲柳姓（無駭生禽字季爲魯士師謚曰惠食菜於柳下遂姓柳氏）厥

後昌大世家河東嗚呼公諱某字某曾王父

朝請大夫徐州長史諱某子夏遺貞白之操表儀宗門王父朝請大夫滄州清池令諱某從裕垂博裕之道啓佑後胤皇考湖州德清令諱某察躬弘孝悌之德振揚家聲惟公端莊無諂徽柔有裕書徽柔懿恭峻而能容介而能羣其在閨門也動合大和皆由順正愷悌雍睦莫有間言故宗黨歌之其在公門也釋回措枉回邪也記曰禮釋回語曰舉直錯諸枉造次秉直事不失當舉無秕政秕音七故官府誦之用沖退徑盡之志以

弘正友道信稱於外焉用柔和博愛之道以
視遇孤弱仁著於内焉此公修已之大經也
自進士登高第調受河南府文學秩滿渭北
節度使論惟明辟爲從事受太常寺協律郎
元戎即世罷職家食易不家食吉無何朔方節度
使張獻甫辟署叅謀受大理評事賜緋魚袋
改度支判官轉大理司直遷殿中侍御史加
度支營田副使此公從政之大略也既佐戎
事實司中府匪頒有制周禮匪頒之式注云匪分也頒讀爲班布

之班會計明白（孟子曰孔子爲委吏曰會計當而已矣）嗚呼分閫委政繫公而成務朝右虛位待公而周事宗門期公而光大姻黨仰公而振耀貞元十二年歲在景子正月九日壬寅遇暴疾終於私館享年五十痛矣夫人吳郡陸氏（公有陸氏誌）泊仲弟綜季弟續冢姪某等（察躬子鎮某纏綜續冢姪即公也）抱孤即位牽率備禮祗奉裳帷歸于京師以某年（或作其年）二月二十八日庚寅安厝於萬年縣之少陵原（厝音措）禮也公有男一人（男一人曰曹婆）

始六年矣在髫知孝髫小兒垂髮也○髫音迢呱呱涕洟呱音孤凡我宗戚撫視增慟嗚呼哀哉初公元兄兄鎮以純深之行端直之德名聞於天下官至侍御史持斧登朝憲章肅清常以先公之神未克遷祔不正席不甘味及撰日定期而昊天不予貞元九年鎮卒志奪禮廢公實敬承遺志行有日矣而閔凶荐及不克終事則我宗族之痛恨其有既乎惟公盡敬於孝養致毁於居憂表正宗姓觀示他族故宗人咸曰孝

如方輿公公之八世祖僧習事後魏封方輿公以孝德聞修詞以藻德振文而導志以爲理化之始莫尊乎堯作堯祠頌以爲述德之道不忘於祖作始祖碑以爲紀廣大之志叙正直之節不嫌於親作元兄侍御史府君墓誌鎮墓誌其餘諷詠比興上音鼻下許應切皆合于古故宗人咸曰文如吳興守南史柳惲字文暢好學善尺牘少工篇什有亭皋木葉下隴首秋雲飛之句仕宋爲吳興太守當官貞固確乎不拔持議端方直而不苛故宗人咸曰正如衛太史禮檀弓下衛有太史曰柳莊公曰

若疾革雖當祭必告公再拜稽首請於尸曰有臣柳莊也者非寡人之臣是社稷之臣也聞之死請往不釋服而往遂以襚之率性廉介懷貞抱潔嗣家風之清白紹遺訓於儒素故宗人咸曰清如魯士師論語柳下惠爲士師三黜人曰子未可以去乎曰直道而事人焉往而不三黜已上四事皆柳氏之先文行之著者也兼備四德具體而微公之謂矣小子常以無兄弟移其睦於朋友少孤移其孝於叔父天將窮我而奪其志故罔極之痛仍集焉朴魯甚騃語駭切不能文字敢用書宗人之辭以致其直故質而俚輟哭

紀事哀不能文故敘而終焉

故弘農令柳府君墳前石表辭

少陵原柳氏之大墓唐貞元十九年某月日孤某奉其先府君洎夫人之喪祔于其位由新墓而南若干步曰高祖王父蘭州府君諱某字某之墓又東若干步曰曾祖王父邠州府君諱某之墓西若干步曰祖某王父司議郎府君諱某之墓咸異兆而相望昭穆之有位序壤樹之有豐殺檀弓國子高曰葬也者藏也反壤樹之哉壤謂

封壤樹謂種樹□殺所介切皆如律令府君諱某字某由父任爲太廟齋郎更許昌陽武伊闕華原尉王屋丞汝陰令爲弘農二年推其誠心裕于其人闢土生穀若有天相之道衣食給足故人不札夭教厲明具故俗不爭奪遂以洽于大和事理克彰刺史盧杞杞字子良大曆末爲虢州刺史弘農縣屬虢州加禮褒旌考績絕尤推君之政風于下邑命爲吏部尚書郎庚河南受命黜陟建中元年二月命趙贊衛晏洪經綸等十一人分巡天下庚字或作更狀君理績殊

異宜升天朝帝有歎焉方圖優昇命用不長年五十五建中二年某月日卒于官以其素廉家之蓄不足以充凶事遂殯于是邑仍會危難至于今乃克返葬孤某嘗爲黔州録事叅軍今無禄仕而志不敢緩初公娶司農少卿京兆韋山之孫涇陽主簿廻智之女德容温良大曆二年某月日卒于越而假葬焉孤某徒行自越舉夫人之喪至于虢舉弘農君之喪咸至于墓窆焉窆音砭悲驗切既窆立石表于

墳前示後之人以無忘孝敬嗚呼世有難仕于外而葬其族者希矣孝子之心有待駟馬五鼎而卒不至者焉若今之殺衣黜食寒妻子飢僕御終身由之而志益不懈爲旅人徒跣萬里（跣音鮮）以厄困終事孝之難者歟五十而慕者舜也祿千鍾而悲者曾子也（莊子曰曾子後仕三千鍾而不洎吾心悲）聖且賢難之若是今之人有由其道者得不立於世乎

志從父弟宗直殯（公自永貞元年九月出禮部員外郎）

謫邵州刺史十一月又移永州司馬至元和十年正月召至京繼出爲柳州刺史宗直與公俱故死於柳柳韓昌黎集有雷塘祭雨文觀此志則知非昌黎作矣

從父弟宗直生剛健好氣自字曰正夫聞人善立以爲己師聞惡若己讎見佞色諂笑者不忍與坐語善操觚牘（上音孤下音獨）得師法甚備融液屈折奇峭博麗知之者以爲工作文辭淡泊尚古謹聲律切事類譔漢書文章爲四十卷（宗直譔西漢文類四十卷公爲之序譔與撰同述也）歌謠言議織

悉備具連累貫統好文者以爲工讀書不廢蚤夜以專故得上氣病臚脹奔逆臚皮也一曰傳也廣韻腹前曰臚脹腹大也○臚凌如切音閭脹知亮切每作害寢食難俯仰時少間又執業以興呻痛咏言雜莫能知兄宗元得謗於朝力能累兄弟爲進士凡業成十一年年三十三不舉藝益工病益牢元和十年宗元始得召爲柳州刺史元和十年三月公爲柳州刺史七月南來從余道加瘧寒數日良巳又從謁雨雷塘神所雷塘柳州地名州有雷山雨崖皆東西雷水出焉蓄

崖中曰雷塘能出雲氣作雷雨變見有光還
禱用俎魚豆彘脩形精稌陰酒虔則應
戲靈泉上洋洋而歸臥至旦（而一作也）呼之無聞
就視形神離矣嗚呼天實析余之形殘余之
生使是子也能無成（能一作既）是月二十四日出
殯城西北若干尺死七日矣俟吾歸與之俱
志其殯

河東先生集卷第十二

東吴郭雲
鵬校壽梓

河東先生集卷第十三

誌

先太夫人河東縣太君歸祔誌（公謫永州司馬故太夫人卒于永明年歸祔于京兆先侍御史府君之墓公尚留永州不得奉喪事以歸作此誌）

先夫人姓盧氏諱某世家涿郡（涿郡范陽人○涿音卓）壽止六十有八元和元年歲次丙戌五月十五日棄代于永州零陵佛寺明年某月日安祔于京兆萬年棲鳳原先侍御史府君之墓

其孤有罪銜哀待刑不得歸奉喪事以盡其志姪洎太夫人兄之子弘禮承事焉嗚呼天乎太夫人有子不令而陷于大僇音戮徒播癘土醫巫藥膳之不具以速天禍非天降之酷將不幸而有惡子以及是也又今無適主以葬適音的天地有窮此寃無窮既舉葬紖紖索也直忍切與緣同周禮封人置其緣猶以不肖之辭肖一作孝擬述先德且志其酷焉嘗逮事伯舅聞其稱大夫人之行以教曰汝宜知之七歲通毛詩及劉氏

皆一作雖

列女傳斟酌而行不墜其旨汝宗大家也既事舅姑周睦姻族柳氏之孝仁益聞歲惡少食不自足而飽孤幼是良難也又甞侍先君有聞如舅氏之謂且曰吾所讀舊史及諸子書夫人聞而盡知之無遺者某始四歲大曆十二年公四歲居京城西田廬中先君在吳家無書太夫人教古賦十四首皆諷傳之皆一作比以詩禮圖史及翦製縷結授諸女及長皆爲名婦先君之仕也伯毋叔毋姑姊妹子姪皆遠在數

千里之外必奉迎以來太夫人之承之也尊已者敬之如臣事君下已者慈之如母畜子敵已者友之如兄弟無不得志者也諸姑之有歸必廢寢食禮既備嘗有勞疾先君將歿葬王父母太夫人泣以蒞事事既具而大故及焉（貞元九年五月十七日鎮卒）不得成禮既得命於朝祗奉教曰汝忘大事乎吾家婦也今也宜老而唯是則不敢暇抑將任焉若有日吾其行也及命爲邵州（永貞元年九月公貶邵州刺史）又喜曰吾願

得矣竟不至官而及於罪是歲十一月貶永州司馬再是歲之初天子加恩羣臣貞元二十一年正月順宗即位二月大赦加恩羣臣以宗元任御史尚書郎封大夫人河東縣太君八月會冊太上皇后于興慶宮禮無違者永貞元年八月辛未命婦會冊太上皇后于興慶宮既至永州又奉教曰汝唯不恭憲度既獲戾矣今將大儆于後以蓋前惡敬懼而已苟能是吾何恨哉明者不悼往事吾未嘗有戚戚也而卒以無孝道不能有報焉喪主子婦七歲貞元十五年公之妻

楊辛而不果娶竄窮徼徼境也徼吉弔切。人多疾殃炎
暑熇蒸熇火爇也○熇呼木黑各虛驕三切其下早濕非所以
餈也訴視無所問藥石無所求禱祠無所實
蒼黃叫呼遂邁大罰天乎神乎其忍是乎而
獨生者誰也爲禍爲逆又頑狠而不得死逾
月逾時以至于今靈車遠去而身獨止玄堂
暫開而目不見孤囚窮縶縶陟立切魄逝心壞蒼
天蒼天有如是耶有如是耶而猶言猶食者
何如人耶已矣已矣窮天下之聲無以舒其

哀矣盡天下之辭無以傳其酷矣刻之堅石措之幽陰終天而止矣

伯祖妣趙郡李夫人墓誌銘

夫人姓李氏辯族姓者曰趙郡贊皇之東祖贊皇趙州縣名六國時武安君李牧事趙遂爲趙人晉司農丞楷徙居常山有五子輯晃芬勁叡叡子勖兄弟居巷東勁子盛兄弟居巷西故叡爲東祖芬與弟勁共稱西祖輯與弟晃共稱南祖祖某爲某官父冲爲單父尉夫人生於良族嶷然殊異及笄女十五曰笄說文笄簪也○笄音稽德充於容行踐於言高朗而不傷其柔嚴恪而

不害其和特善女工翦製之事又能爲雅琴
秦聲操縵之具爲雅琴擊琴也楊惲曰家本秦也能爲秦聲叩擊而歌之
也禮記不學操縵不能安絃操縵雜聲也○操七刀切縵末旦切婦道既備
宜爲君子之配偶焉我伯祖臨邛令府君諱
某此誌不載臨邛君諱蓋察躬兄也受夫人於李氏之廟而
歸于正室臨邛府君之先曰我曾王父清池
府君諱某諱從裕清池之先曰徐州府君諱某
諱子夏又其先曰常侍府君諱楷常侍之兄曰
中書令諱奭自中書以上爲宰相四世奭父則則

父旦旦父慶九四世爲相噫我伯祖以宗胄碩大而濟其德厚夫人以族屬清顯而修其禮範合二姓以承先祖爲士者榮之故佐奉養承祭祀婦德用光家道甚宜無何伯祖終于臨卭而窆焉夫人從子而返于淮滸滸水涯之名夫人家揚州淮滸謂此○滸音虎嗚呼我先府君每得仕未嘗不奉迎供養必誠必親男既立必使之有祿仕女必使之有家將嫁已子必先擇良士可以配諸姑者定然後議焉仲父殿中侍御史府君由是

志也夫人生男一人諱某不幸終丞宣州旌德尉此誌不載其名而曰終旌德尉史亦不載其名而曰終旌德令恐史誤作尉爲令也女三人皆得良壻隴西李伯和爲楊子丞疾痺癈痼而没大原王紓紓工部員外郎端之子其弟曰紹唐史有傳。紓音舒令爲右補闕潁川陳萇萇京之弟公有京行狀。音長萇爲校書郎渭南尉知名貞元十六年王氏姑定省扶侍自楊州至于京師道路遇疾遂館于陳氏以諸壻之良諸女之養無不得意焉享年八十一是歲六月二十九日終

于平康里自小歛至于大歛比及葬則二壻
實叅主之有孫二人長曰曹郎奉之以縗而
正于位八月二十四日葬于萬年縣之少陵
原實棲鳳原介于我先府君仲父二兆之間
神心之所安也嗚呼嗣子早夭臨卬萬里以
歲之不易（左傳昭四年之文不易有難也）未克合祔哀孰甚
焉諸姑合以爲斯志以從人之道內夫家外
父母家且又葬于我志于我故叙柳氏爲備
銘曰

藹其芳壽且康大梁鶉火沉幽光大梁鶉火二星名是年歲星在大梁六月日月會於鶉火蓋以紀卒之年月也夙淪夫子嗣又喪平聲輤帷不復岷之陽輤喪車飾岷之陽指臨卭令塋所也○輤此見切或作蒨兆靈趾棲鳳里艮之山兑之水靈之車當返此子孫百代承靈祉誰之言者青烏子風俗通曰漢有青烏子善數術唐藝文志葬書有青烏子三卷又相冢書曰青烏子稱山三重相連名連山葬之當出二千石

叔妣吳郡陸氏夫人誌文陸氏公叔父殿中君之配公前作殿中君墓版文時夫人尚無恙至是而夫人卒合

附焉爲此誌

夫人諱則字內儀姓陸氏家于吳郡蓋江左上族以宗子在他國家牒逸墜故曾王父王父之諱官不克究知而闕其文父覃皇河南陸渾令夫人生而柔笄而禮會伯舅爲河南尹撰擇僚家（撰息兖切）謂我文學掾仲父（時殿中君爲河南文學）士林殊英儒流推高故夫人歸于我夫人之志也溫順以承上冲厚以字下不敢踰於家婦不敢侮於臣妾（孝經治家者不敢失於臣妾而況於妻子）

乎是宜允膺福壽集成母儀稟命不淑享年三十有五貞元十二年十一月己亥終于長安太平里第嗚呼夫人生男一人曰曹婆幼孺在抱委縗就位縗音崔女一人曰喜子匍匐繈緥繈舉兩切緥音保寄婦人之手哀哉蓋衰門薄祐神道不相顧仲父違背於歲首正月九日殁中君卒而夫人捐棄於是月遺孤眇藐未克承紹凡我族屬其痛巨乎遂以其年十二月十三日庚午合祔于少陵原之塋恭惟仲父之諱字

夫人之三字疑衍
夫人享年五
誌中尋不見
從夫又不必稱
注注無釋其
如衍以的

夫人之爵齒備于版文今不書懼再告也

亡姑渭南縣尉陳君夫人權厝誌

唐貞元十七年九月六日甲子（實乙丑）前渭南縣尉潁川陳君之夫人河東柳氏（潁川陳君名萇京之兄也夫人柳氏公叔父殿中君之女）終于平康里將終告于陳君曰吾生四十有四年爲陳氏介婦九年謹飭不怠以至于此命也既成婦矣宜祔于皇姑從兆于三原然而不幸中道而有痼疾既不及養于舅姑又不得佐于蒸嘗生君之子

不朞月而殯嘗謂君宜有貴位而不克見執親之喪不得終紀皆天譴之大者也且願殺禮（周禮國新殺禮○殺所介切）以成吾私邇先夫人之墓而窆我焉將俟君之不諱而歸復於正其可也陳君乃卜十二月十八日權厝于城南原曰棲鳳如夫人之志且以時日甲子揆于宗元曰子之姑孝於家移于我之長睦于族施于我之黨是用賓而禮之如益者之友（語曰益者三友）今則去我已矣吾無以報焉他日嘗謂子

愍而文願以爲誌庶幸而有知將安子之爲也蓑無恨矣嗚呼貴不必賢壽不必仁天之不可恃也久矣遂哭而受命書夫人之世以記于茲石夫人六代祖諱慶五代祖諱旦位皆至宰相高祖諱楷爲濟州刺史曾祖諱某諱子夏爲徐州長史祖諱某諱從裕爲淸池令考諱某爲臨邛令妣李氏趙郡贊皇人其他則俟改葬而後備

亡姊崔氏夫人墓誌蓋石文

我伯姊之葬良人博陵崔氏爲之誌崔簡字子敬凡歸于夫家爲婦爲妻爲母之道我之知不若崔之悉也然而自笄而上以至于幼孩崔固不若我之知也又烏可以巳今之制凡誌于墓者琢密石加蓋于其上用敢附碑陰之義假茲石而書焉嗚呼夫人天命之性禮天命之謂性固有以異於人孩而聲和幼而氣柔以吾族之大尊長之多長下兩切夫人自能言而未嘗誒譽其諱與其類戲于家游弄之具未嘗有

爭先公自鄂如京師（鎮爲鄂岳都團練判官。一本有歸字）其時事會世難告教罕至（告一作書）夫人憂勞踰月默泣不食又懼貽太夫人之憂慮紿以疾告（紿欺也。音怠上聲）紿書至而愈人乃知之善隸書爲雅琴以自娛樂隱而不耀工足以致美於服而不爲異言足以發揚於禮而不爲辨孝之至敬之備仁之大又以配君子然而不克會于貴壽以至于斯孰謂之天有知者耶（一無之字）太夫人生二女幼曰裴氏婦（幼適裴墐字封叔）如夫人之懿在二族咸以令德聞而皆早世其弟昏愚而獨存孰謂天可問耶一本問字下有者字嗚呼痛其甚歟遂濡血而書一作以書以志終天之哀與茲石永久

亡姊前京兆府參軍裴君夫人墓誌

柳氏至于唐其著者中書令諱奭中書之弟之子曰徐州府君諱某諱子夏實有孝德世其家業清池府君諱某諱從裕繼之以茂實德清府君諱某諱察躬承之以善政以至于侍御史

府君諱某諱鎮用貞信勁正達于邦家克生賢女以配于裴氏裴氏至于唐其著者禮部尚書諱行儉行儉字守約絳州聞喜人高宗時爲禮部尚書禮部之子曰侍中諱光庭光庭字連城開元時爲宰相嗣用忠肅書于國史祠部府君諱稹光庭子稹開元末爲祠部員外郎業之以貞直以至于金吾府君諱儆音警用純懿端亮聞於天下實生良子以配夫人儆四子堅壠埴埴夫人壠之配也嗚呼夫人與仁孝偕生以禮順偕長始於家純如也終於夫族穆如也其爲子

道也孝以和恭以惠取與承順必稱所欲先
君與太夫人恩遇尤厚故夫人侍側無威怒
之教焉天禍弊族夙遭大故我諸孤奉太夫
人之養不敢圖死至于復常夫人三歲無湯
沐無鹽酪（音洛）頓踴叫號哀徹天地外除髮不
勝笄體不勝帶太夫人泣而命之固猶不食
朝夕諭誨僅而濟焉其爲妻道也貞順之宜
恒服於身體疑忌之慮不萌於心術忿懥之
色（忿懥恨也 懥音致）不兆於容貌同焉而合於禮婉

焉而得其正其爲婦道也惟聽順謹敬睦姻任恤之行甚備常以不幸不及姑舅之養用爲大恨是故相春秋之事昕滌濯羞籩簋勞以待旦每怵惕之感至焉則又移其孝子裴氏之門一本作移其孝于兄公女公而以睦于冢婦介婦必敬必親下以不失其赤子之心姻族歸厚率由是也嗚呼我之大譴歟裴氏之大不幸歟以夫人之德行宜貴壽宜康寧然而年始三十不克至于壽良人官爲參軍事塋時爲京兆府

參軍不及偕其貴骨髓之疾實鍾于身以貞元十六年三月十三日甲子終于光德里第痛矣夫始夫人之疾也夫人之族視之如已有一宗字其家老長妾臧獲之微皆以其私奔謁於道路禱鬼神問卜筮者相及也既病太夫人在側尚慮積憂傷于尊懷猶持形立氣紿以少間故二稚未齔墐子銑齔毀齒也男八歲女七歲而齔○齔初覲切良人在遠不及有緒言遺念以傳於後則我呼天之痛宜有加焉嗚呼天胡厚是懿德而

闕其報施獨何咎歟余不知天之忍也既適
月良人至自洛師望門而哭曰無以立吾家
成吾身矣凡生三子幼曰崔七先夫人八月
而殞魂氣無不之也次曰崔六後夫人五旬
而夭因祔焉今其存者曰崔五幸無恙託于
乳媪烏皓切以虞水火哀哉其年八月十八日
甲子安厝于長安縣之神禾原從于先塋祔
于皇姑宜也母弟號哭而爲之志毒痛憑塞
畧不能具敢告無愧辭無溢美庶用正直克

安神心嗚呼至哀無文至敬不飾故無其辭

亡妻弘農楊氏誌

亡妻弘農楊氏諱某高祖皇司勳郎中諱某司勳諱元政司勳生殿中侍御史諱某諱志玄殿中生醴泉縣尉諱某諱戍名醴泉生今禮部郎中凝成名三子憑字虛受凝字懋功凌字恭履凝凝當作憑憑當爲禮部郎中集又有祭楊詹事文可見今作凝恐非代濟仁孝號爲德門郎中娶于隴西李氏生夫人夫人生三年而皇妣卽世外王父兼居方伯連帥之任歷刺南部建中四年

（以兼爲鄂岳觀察使貞元元年遷江西觀察使）夫人自幼及笄依于外族所以撫愛視遇者殆過厚焉夫人小心敬順居寵益畏終始無驕盈之色親黨難之五歲（建中二年年五歲）屬先妣之忌飯僧於仁祠就問其故婇傅以告（婇音保）遂號泣不食後每及是日必遑遑涕慕抱終身之戚焉及許嫁于我柔日既卜（禮記外事以剛日內事以柔日柔日乙丁巳辛癸是也）乃歸于柳氏恭惟先府君重崇友道於郎中最深髫稚好言（髫音迢）始孩善謔（詩善戲謔兮）雖間在

他國終無異辭凡十有三歲而二姓克合奉初言也夫人既歸事大夫人公之母河東郡太夫人盧氏備敬養之道敦睦夫黨致肅雍之美主中饋佐蒸嘗怵惕之義表于宗門太夫人嘗曰自吾得新婦增一孝女况又通家愛之如已子崔氏裴氏姊視之如兄弟故二族之好異于他門然以素被足疾不能良行左傳昭七年孟縶之足不能良行跛也未三歲孕而不育易漸九三曰婦孕不育凶厥疾增甚明年以謁醫救藥之便來歸女氏永寧

里之私第八月一日甲子（實壬申）至于大疾年始二十有三嗚呼痛哉以夫人之柔順淑茂宜延于上壽端明惠和宜齒于貴位生知孝愛之本宜承于餘慶是三者皆虛其應天可問乎衰門多舋（舋鏬折也○舋許愼切又音釁）上天無祐故自辛未（辛未貞元七年）逮于茲歲累服齊斬繼縗哀酷（貞元九年五月公父鎭卒十二年正月叔父卒十一月叔妣陸氏卒）其間冠衣純采（禮曰孤子當室冠衣不純采）朞月者三而已矣無乃以是累夫人之壽歟悼慟之懷曷月而已

矣哀夫遂以九月五日庚午克葬于萬年縣
棲鳳原從先塋禮也是歲唐貞元十五年龍
集已卯爲之誌云
坤德柔順婦道肅雍詩曰猶執婦道以成肅雍之德惟若人
兮婉娩淑姿婉娩順也○婉音宛娩音晚又音免鏘翔令容鏘七
將切委窮塵兮佳城鬱鬱閉白日兮博物志漢滕公夏侯
嬰死公卿送葬至東都門外馬不行踣地悲鳴得石槨有銘曰佳城鬱鬱三千年見白日
吁嗟滕公居此室乃葬之之死同穴詩之死矢靡它又曰死則同穴公自言異
時死則與之同穴歸此室兮

下殤女子墓塼記殤未成人而死禮八歲至十一歲小殤十二至十五爲中殤十六至十九爲上殤

下殤女子生長安善和里其始名和娘既得病乃曰佛我依也願以爲役更名佛婢既病求去髮爲尼號之爲初心元和五年四月三日死永州凡十歲其母微也故爲父子晚性柔惠類可以爲成人者然卒夭斂用緇褐銘用塼甓甓瓦也甓蒲歷切葬零陵東郭門外第二崗之西隅銘曰

孰致也而生孰召也而死焉從而来焉往而止魂氣無不之也骨肉歸復於此延陵季子曰骨肉歸復于土命也若䰟氣則無不之也

小姪女子墓磚記

字爲雅氏爲柳生甲申貞元十二年死巳丑元和四年日十二月在九是日葬東岡首生而惠命則夭始也無今何有質之微當速朽銘茲兆期永久

故尚書戸部侍郎王君先太夫人河

閒劉氏誌文夫人王叔文母也公附叔文故此銘極所稱道時貞元二十一年秋也八月而憲宗立叔文敗公亦相繼貶豈公作銘時猶未悟耶其後與許孟容書謂是時年少氣銳不識幾微不知當否但欲一心直遂果陷刑法意公亦悔所不及矣韓文公言子厚前時少年勇於爲人不自貴重顧藉謂功業可立就故坐廢退誠有當於公之心哉

夫人姓劉其先漢河間王河間獻王德漢景帝長子王有明德世紹顯懿至于唐有文昭者爲綿州刺史號良二千石其嗣慎言爲仙居令光州長

史克荷于前人光州君字一有夫人之父也夫人既笄五年從于北海王府君王越州山陰人叔文自言王猛之後云諱某府君舉明經授任城尉左金吾衛兵曹修經術以求聖人之道通古今以推一王之典會世多難不克如志卒以隱終夫人生二子長曰桑倫舉五經早夭少曰叔文堅明直亮有文武之用貞元中待詔禁中以道合于儲后凡十有八載獻可替否有匡弼調護之勤叔文善棊貞元初出入東宮娛侍太子詭譎多計自言讀書知治道乘間

嘗爲太子言先帝棄萬姓貞元二十一年正
民間之疾苦月癸巳德宗崩
嗣皇承大位丙申順宗即位公居禁中訏謨定命之詩
辭有扶翼經緯之績自德宗大漸王伾每入稱詔召叔文坐翰林中
使決事伾以叔文意入言於宦官李忠言稱詔行下外無知者由蘇州司功
叅軍爲起居舍人翰林學士二月叔文以前蘇州司功叅軍
爲起居舍人翰林學士將明出納詩肅肅王命仲山甫將之邦國若否仲山
甫明之又曰出納王命王之喉舌有彌綸通變之勞副經邦
阜財之職三月以叔文爲度支鹽鐵轉運使加戶部侍郎賜
紫金魚袋五月以叔文爲戶部侍郎職如故賜紫重輕開塞有

和鈞肅給之效書闕石和鈞鈞謂均平也和內贊謨畫一作謀謨不廢其位凡執事十四旬有六日利安之道將施于人而夫人卒于堂蓋貞元之二十一年六月二十日也是日丁巳知道之士爲蒼生惜焉天子使中謁者臨問其家賻以布帛嗚呼夫人之在女氏也貞順以自處孝謹以有奉其在夫族也祇敬以承上嚴肅以蒞下事良人四十有九年而勤勞不懈生戸部五十有三年天寶十二年叔文生而教戒無闕年七十有九

而戶部之道聞于天下爲大僚垂紫綬以就奉養公卿侯王咸造于門既壽而昌世用羨慕然而天子有詔俾定封邑有司稽於論次終以不及時有痛焉是年八月某日祔于兵曹君之墓銘曰

夫人之德温柔敬直承于陰教式是嬪則克生良子用揚懿美有其文武弘我化理天子是毗邦人是望（平聲）若若紫綬（漢書印何纍纍綬何若若耶若若垂貌）榮于高堂惟昔孟氏號爲母師在漢稱

賢有惑不疑此當言雋不疑惑字誤也懿懿夫人維其似之山北之中神禾之原問于靈龜閟此顯魂

閟音秘勒石垂休永永萬年

朗州員外司戶薛君妻崔氏墓誌

唐永州刺史博陵崔簡簡字子敬女諱媛嫁爲朗州員外司戶河東薛巽妻三歲知讓五歲知戒七歲能女事善筆札讀書通古今其暇則鳴絃桐諷詩騷以爲娛始簡以文雅清秀重於當世其後病惑得罪投驩州卒元和七年簡於驩州

諸女蓬垢滌號柳氏出也以叔舅命(叔舅公自謂)歸于薛惟恭柔專勤以爲婦妻恩其故他姬子雜巳子造次莫能辨無忮忌之行(忮恨也○忮音寘)無犯迕之氣(迕逆也迕音午)○一畝之宅言笑不聞于鄰元和十二年五月二十八日旣乳(乳產也)病肝氣逆肺牽拘左腋巫醫不能已朞月之日絜服飾容而終年若干某月日遷柩于洛其月日祔于墓在北邙山南洛水東巽始佐河北軍食有勞未及録會其長以罪聞因

從聑元和初討成德節度使王承宗以于皐謩董溪爲河北行營粮料使崔元受韋岵薛巽王相等爲判官分給供餽既罷兵皐謩等坐贓數千緡敕貸其死六年五月流皐謩春州溪封州行至潭州賜死元受等從坐皆逐嶺表更大赦方北遷元和十三年正月以平淮西大赦天下而其室已禍巽之考曰大理司直仲卿祖曰太子右贊善大夫環曾祖曰平舒令煜高祖曰工部尚書眞藏簡之父曰大理司直畢當作畢祖曰其官鯢唐與中書令仁師議刑不拏貞觀十六年刑部以盜賊律反逆緣坐兄弟沒官爲輕請改從死左僕射高士廉吏部尚書侯君集兵部尚書李勣等議請從重民部尚

書唐儉禮部江夏王道宗工部尚書楚客等請依舊不改時議者以漢及魏晉謀反皆三族欲依士廉等議仁師爲給事中駮議以爲不可太宗從之其二世大父也仁師生把把生液液生覾覾生畢巽之他姬子丈夫子曰

老女子曰張婆妻之子女子曰陀羅尼丈夫

子曰其實後子銘曰

翼翼仁師惟仁之碩一言刑輕綿載二百其

慶中缺曾玄不續簡之温文卒昏以易七男

三女八我之出仍禍六稔數存如沒宜福而

灾伊誰云恤惟薛之婦德良才全隣無言聞

臧獲以虔推仁撫瘝孩不異憐兄公是怙（公一作子）夫屬忻然髲髢莪莪（髲鬄也髢結髮也○髲音被髢音第）籩豆維嘉蒸嘗賓燕其羞孔多有苾有嚴（苾香也○苾蒲必切）神饗斯何奚仲仲虺（奚仲爲夏車正禹封爲薛侯十二世孫仲虺居薛爲湯左相後以爲氏）胡祐不遐高曾祖考胡嘏之訛淑人不居誰任于家書銘告哀以寘巖阿

韋夫人墳記

韋夫人終成都殯萬年遷柩渭南祔而不合

大葬未利以俟禮也其族系如某人之誌堋用元和十四年月日左傳專毀則朝而堋不毀則日中而堋說文云堋舉葬下土也堋逋鄧切又音朋○子某爲石刻而納諸壙

馬室女雷五葬誌

馬室女雷五父曰師儒業進士雷五生巧慧異甚凡事絲纊文綉纊音曠不類人所爲者余覩之甚駭家貧歲不易衣而天姿潔清修嚴恒若簪珠璣衣紈縠上音丸下胡谷切寥然不易爲塵垢雜年十五病死後二日葬永州東郭東

里以其姨母爲妓於余也將死曰吾聞柳公嘗巧我慧我今不幸死矣安得公之文志我於墓（一本作志我葬）其父母不敢以云葬之日余乃聞焉既而閔焉以攻石之後也遂爲砂書玄塼追而納諸墓

東吳郭雲鵬校壽梓

河東先生集卷第十三

對

共二十一

河東集 十四

河東先生集卷第十四

對

設漁者對 智伯 按史記世家及通鑑所載智伯貪而無饜卒抵于敗公設爲漁者對其指切一時事情也至矣

智氏既滅范中行 智襄子名瑤文子躒之孫也周貞定王十一年帥韓趙魏而伐范中行氏滅之共分其地以爲邑范謂范昭子吉射中行謂中行文子荀寅。志益大合韓魏圍趙水晉陽 貞定王十八年智伯約魏桓子韓康子圍趙襄子於晉陽決晉水灌之。水一作于 智伯瑤乘舟以臨趙且又往來觀水之所自務速取焉羣漁者有一人坐漁智伯怪之問焉曰若漁幾何若汝也曰臣始漁於河中今漁於海一無今字今主大玆水臣是以來曰若之漁何如曰臣幼而好漁始臣之漁於河有鯀鱮鱣鰋者詩魚麗于罶鱨鯊釋魚云鯊鮀也郭璞曰今吹沙也詩其魚魴鱮鱮似魴而鱗弱魴鱮魚之易制者鱣鯉也江東呼爲黃魚鰋鮎也四者皆小魚○鯊音沙鱮音敘鱣音鱣鰋音偃不能自食以好臣之餌日收者百焉臣以爲小去而之龍門之下龍門山在同絳二州之間伺大鮪焉鮪大魚也形似鱣而青黑大者七八尺周禮春獻王鮪夫鮪之來也從魴鯉數萬

嚮之從

魴赤尾詩魴魚赬尾是也○魴音房從一作其字垂涎流沫後者得食焉然其饑也亦返吞其後愈肆其力逆流而上慕為螭龍螭龍之無角者辛氏三秦記曰河津一名龍門水險不通魚鱉之屬莫能上江海大魚薄集龍門下數千不得上上則為龍也○螭敕之切及夫抵大石亂飛濤折鰭禿翼鰭魚脊上骨禮記羞魚濡者夏石鰭○鰭音耆顛倒頓踣音匐順流而下宛委冒懵懵心迷也牟孔切環坻溆而不能出坻水中高也一曰小渚也溆水浦也○坻音墀溆音敘魚之大者幸而豕食之臣亦徒手得焉猶以為小聞古之漁有任公子者其得

盆大莊子任公子爲大鈎巨緇五十辖以爲餌蹲乎會稽投竿東海旦旦而鈎巳而大魚食之牽巨鈎錎没而下鶩揚而奮鬐白波若山海水震動聲侔鬼神憚赫千里任公子得若魚離而腊之自淛河以東蒼梧以北無不厭若魚者於是去而之海上北浮於碣石碣石山名在平州盧龍縣碣然而立在海旁故名。求大鯨焉鯨海大魚也說文常以五月生子於岸八月導而還海鼓浪成雷噴沫成雨水族畏之。鯨巨京切臣之具未及施見大鯨驅羣鮫鮫海魚也逐肥魚於渤澥之尾渤澥海之別也楊子雲曰江湖之崖渤澥之尾震動大海皺掉巨島水中有山曰島。皺補過切掉徒了切島都皓切一吸而食若舟者數十吸嘗也勇而

祁氏

未已貪而不能止北虖於碣石槁焉嚮之以爲食者反相與食之臣亦徒手得焉猶以爲小聞古之漁有太公者其得益大鈎而得文王史記太公望呂尚者以漁釣奸周西伯西伯出獵遇太公於渭之陽與語大悅載與俱歸立爲師於是舍而來智伯曰今若遇我也如何漁者曰嚮者臣已言其端矣始晉之侈家若欒氏晉靖侯之孫曰賓傳六世至懷孟盈滅郤氏祁奚爲晉大夫至孫盈滅羊舌氏羊舌職事晉至曾孫食我滅以十數不能自保以貪晉國之利而不見其害主之家與五卿

五卿即范中行韓趙魏也嘗裂而食之矣史記云趙世家晉頃公之十二年六卿以法誅公族祁氏羊舌氏分其邑爲十縣各令其族爲之大夫是無異鮍鱮鱣鰋也腦流骨腐於主之故鼎可以懲矣然而猶不肯寤又有大者焉若范氏中行氏貪人之土田侵人之勢力慕爲諸侯而不見其害主與三卿韓趙魏又裂而食之矣定公十一年范中行反晉君擊之范中行走朝歌出公十七年智伯與趙韓魏共分范中行地以爲邑脫其鱗鱠其肉鱠細切肉也刳其腸刳音枯斷其首而棄之鯤鮞遺胤鯤鮞魚子莫不備俎豆是無

見

異夫大鮪也可以懲矣然而猶不肯寤又有大者焉吞范中行以益其肥猶以爲不足力愈大而求食愈無饜驅韓魏以爲羣鮫以逐趙之肥魚而不見其害貪肥之勢將不止於趙臣韓魏懼其將及也亦幸主之處於晉陽其目動矣左傳曰動而言甘懼我也而主乃傲然傲俗也以爲咸在机俎之上方磨其舌抑臣有恐焉今輔果舍族而退不肯同禍國語智宣子將以瑶爲後智果曰不如胥也宣子不聽果別族于太史爲輔氏後韓趙魏滅智氏之族惟輔果在○輔一作韓

段規深怨而造謀國語智襄子伐鄭自衛還三卿宴于藍臺智襄子戲韓康子而侮段規及晉陽之難段規反主之首難而殺智伯于師段規韓康子相也不寤臣恐主爲大鯨首解於邯鄲邯鄲趙所都。邯音寒鄲音單鬣摧於安邑安邑本晉地即今絳州夏縣脅披於上黨趙地尾斷於中山之外中山後爲趙所并而腸流於大陸大陸澤名在深趙二州界而濵河爲鱻蕘鱻蕘二字出周禮。鱻音鮮蕘音槁以充三家子孫之腹臣所以大懼不然主之勇力強大於文王何有智伯不悅然終以不寤於是韓魏與趙合滅智氏其地三分周威烈王二十三年智襄子請地於韓康子致萬家之邑又求地於魏桓子復與萬家邑又求蔡皐狼之地於趙襄子襄子不與智伯怒帥韓魏以攻趙圍而灌之城不沒者三版趙襄子使張孟談潛出見韓魏曰脣亡則齒寒趙亡韓魏爲之次矣二子乃陰與張孟談約爲之期日而遣之襄子夜使人殺守堤之吏而使水灌智伯軍韓魏翼而擊之大敗智伯之衆遂殺智伯而分其地

愚溪對

集文中有愚溪詩序云灌水之陽有溪東流入瀟水名冉溪余謫瀟水上改之爲愚溪對作於永州明矣鼂太史無咎取以附變騷其系曰宗元之所作亦對襄王問客難之義而託之神也然嘗論宗元固不愚夫安能使溪愚哉竭其智以逅利而

不獲旣困矣而始曰我愚宗元之困豈愚罪耶

柳子名愚溪而居五日溪之神夜見夢曰子何辱予使予爲愚耶有其實者名固從之今予固若是耶予聞閩有水生毒霧厲氣厲惡也中之者溫屯嘔泄屯聚也藏石走瀨瀨湍也吳越謂之瀨有魚中國謂之磧連艫糜解李裴云艫船前頭刺櫂處連艫言多也焉鋸齒鋒尾而獸蹄是食人必斷而躍之此盫鱷魚也乃仰噬焉噬音逝故其名曰惡溪惡溪在潮州界西海有水散渙而無力不能負芥投之則委

靡墊沒墊陷也丁念切及底而後止故其名曰弱水
出甘州東坡云自州西北至肅州山海經崑崙之丘其下有弱水溪環之注云其水不勝
鴻毛秦有水掎汨泥淖掎偏引也淖亦泥也撓混沙礫視
之分寸眙若覞壁眙直視覞邪視淺深險易以豉切眛
眛不覿乃合清渭以自彰穢跡詩涇以渭濁涇小渭大屬
於渭而入于河涇以有渭故見其濁故其名曰濁涇出原州高平縣岍頭
山一名崆峒山至同州界入渭漢地理志云涇水出安定涇陽縣西岍頭山東南至馮翊
陽陵縣入渭故上云秦有水也雍之西有水幽險若漆不知
其所出故其名曰黑水書黑水西河惟雍州酈元水經黑水出張

拔雞山南流至燉煌過三危山南流入于南海通典亦云黑水出甘州張掖縣雞山夫弱惡六極也濁黑賤名也彼得之而不辭窮萬世而不變者有其實也今予甚清與美為子所喜而又功可以及圃畦力可以載方舟詩方之舟之注云方拊也說文編木以渡也朝夕者濟焉予幸擇而居予而辱以無實之名以為愚卒不見德而肆其誣豈終不可革耶柳子對曰汝誠無其實然以吾之愚而獨好汝汝惡得避是名耶東坡詩云應同柳州柳聊使愚溪愚又詩云不見子柳子餘愚污溪山本此文也

且汝不見貪泉乎有飲而南者見交趾寶貨之多光溢於目思以兩手左右攫而懷之豈泉之實耶過而往貪焉猶以爲名（廣州二十里地名石門水曰貪泉飲者懷無厭之欲晉吳隱之賦詩曰古人云此水一歃懷千金）今汝獨招愚者居焉久留而不去雖欲革其名不可得矣夫明王之時智者用愚者伏用者宜邇伏者宜遠今汝之託也遠王都三千餘里側僻廻隱蒸鬱之與曹螺蜯之與居（螺蚌屬太者如斗出日南漲海中蚌蜃屬說文蛤也○螺盧戈切蜯步項切）唯觸罪擯辱

愚陋黜伏者日侵侵以遊汝闖闖以守汝闖馬出門貌。闖丑禁切汝欲爲智乎胡不呼今之聰明皎厲握天子有司之柄以生育天下者使一經於汝而唯我獨處汝既不能得彼而見獲於我是則汝之實也當汝爲愚而猶以爲誣寧有說耶曰是則然矣敢問子之愚何如而可以及我栁子曰汝欲窮我之愚說耶雖極汝之所往不足以申吾喙涸汝之所流不足以濡吾翰姑示子其略吾茫洋乎無知氷雪之

交衆裹我絺溽暑之鑠式灼切衆從之風而我

從之火吾盪而趨盪亦放也不知太行之異乎九

衢以敗吾車吾放而遊不知呂梁之異乎安

流莊子曰孔子觀於呂梁縣水三十仞流沫四十里黿鼉魚鱉之所不能遊也呂梁今在彭城以沒吾舟吾足蹈坎井頭抵木石衝冒

榛棘冒一作行偃仆虺蜴詩哀今之人胡爲虺蜴蜴守宮也○蜴音易

而不知怵惕何喪何得進不爲盈退不爲抑

荒涼昏默卒不自克此其大凡者也願以是

汙汝可乎於是溪神深思而歎曰嘻有餘矣

是及我也因俯而羞仰而吁涕泣交流舉手而辭一晦一明覺而莫知所之遂書其對

對賀者

柳子以罪貶永州永貞元年九月公自禮部員外貶邵州刺史十一月又貶永州司馬有自京師來者既見曰余聞子坐事斥逐余適將唁子弔生曰唁弔死曰弔弔失國亦曰唁見穀梁傳云○唁宜箭切今余視子之貌浩浩然也能是達矣余無以唁矣敢更以爲賀柳子曰子誠以貌乎則可也然吾豈若是而無志者耶姑以戚戚

爲無益乎道故若是而已耳吾之罪大會主上方以寬理人用和天下故吾得在此九吾之貶斥幸矣而又戚戚

焉何哉夫爲天子尚書郎謀畫無所陳而羣比以爲名（羣比謂羣黨）蒙耻遇僇以待不測之誅苟人爾有不汗栗危厲偲偲然者哉（偲責也）吾甞靜處以思獨行以求自以上不得自列於聖朝下無以奉宗祀近丘墓徒欲苟生幸存庶幾似續之不廢（詩以似以續續古之人）是以儻蕩其心倡佯其形茫乎若昇高以望潰乎若乘海而無所往故其容貌如是子誠以浩浩而賀我其孰承之乎嘻笑之怒甚乎裂眥（眥目眥也。眥疾智才長歌之哀過乎慟哭庸詎知吾之浩諸二切浩非戚戚之尤者乎子休矣古人所甚惡惡於不情怒者可知笑者不可測子厚嘻笑甚裂皆長歌過慟哭而慼慼之悲寄於浩浩盖有齊人之風乎

杜兼對兼字處洪中書令正倫五世孫

或問曰朝廷以公且明進善退不肖未嘗不當然吾有一疑焉願有聞於子以釋之也曰何哉曰杜兼爲濠州徐泗節度使張建封表置其府積勞爲濠州刺史幸兵之亂殺無罪士二人兼性浮險録事參軍韋賞團練判官陸楚皆以守職論事忤兼密奏二人通謀扇動軍中忽有制使至兼率官吏迎於驛

中前呼韋賞陸楚出宣制杖殺之二人有士林之𠷣無罪受戮天下寃之蓄貨足懲吾以爲唐檮杌饕餮者亡以異左傳文十八年顓頊氏有不才子天下謂之檮杌縉雲氏有不才子天下謂之饕餮注云檮杌頑凶無疇匹之貌貪財爲饕貪食爲餮○檮音濤杌音兀饕音叨餮音鐵然而卒入爲郎中元和初入爲刑部郎中改吏部郎中給事中出由商至河南尹自給事中出爲商州刺史金商防禦使改河南少尹行大尹事半歲拜大尹乃死元和四年十一月二十二日兼卒夫何取於兼者若是幸也曰若子之言兼之罪吾雖不覩乎目然聞之熟宜廢而不用久矣然而吾有一取焉吾

聞兼在濠州有鍾離令（鍾離縣屬濠州）盧某者宰相戚也而讒且諛日狀其僚之過愆以致于兼且曰是過是愆我獨無有其僚因惴恐（惴憂懼貌○惴之瑞切）以俟諂怒於上令日施施自負（施施自得貌）曰州君將我陵也兼得之乃大怒罰令使僚也戚得自達以進乎善因擯令終不得面焉人由是不苟免而讒諛之道大息朝廷進兼於内則給事中於外則至河南尹蓋知兼有是善也歟誠然不爲公且明耶或者曰兼

凶狡人也恣殺以充巳其爲過章章者凡天下兒童 後闕

天對

天問者乃屈原之所作也舊録之於楚辭今按漢王逸序其篇首曰屈原放逐憂心愁悴彷徨山澤經歷陵陸嗟號昊旻仰天歎息見楚有先王之廟及公卿祠堂圖畫天地山川神靈琦瑋僪佹及古聖賢怪物行事因書其壁呵而問之以渫憤懣舒寫愁思乃假天以爲言焉故作天問子厚取天問所言隨而釋之遂作天對其文義不次聱牙難讀令取楚辭屈原天問章分句析以條于前仍以子厚之對繫而録之博究其用事之從出證

明明闇闇
惟時何爲

以傳記音而訓之庶使問對兩全以便稽考焉

問曰遂古之初誰傳道之王逸曰遂往也初始也言往古太始之元虛廓無形神物未生誰傳道此也上下未形何由考之王逸曰言天地未分溷沌無垠誰考定而知之冥昭瞢闇誰能極之王逸曰言日月晝夜清濁晦明誰能極知之馮翼惟象何以識之

馮翼氤氳浮動之皃淮南子天墬未形馮馮翼翼注云馮翼無形之皃　言晝夜明闇誰造為之乎

對曰本始之茫誕者傳焉謂太始之元初無傳也鴻靈幽紛曷可言焉謂天地未形本無言也曶黒晰耿曶呼骨切說文出气詞也從日象气出形郭璞三蒼解詁曰曶旦明也曶黒微昧也晰之列切明也

曶5忽回又
莠旦明旨冥
也又音物
昒同上
曶音5曶回
急視貌
昒音昧目
冥晝視一曰
久視一曰昌明

泠上拜寧也
泠乎拜水名
此當從冷
吳人云冰凌

往來屯屯屯難也易屯卦注屯者天地造始之時也厖昧革化昧音妹易天造草昧注造物之始始於冥昧惟元氣存而何爲焉謂日月晝夜陰陽晦明惟元氣存焉

問陰陽三合何本何化王逸曰謂天地人三合成德其本始何化所生乎

對合焉者三一以統同穀梁傳獨陰不生獨陽不生獨天不生三合然後生王逸以爲天地人非也吁炎吹泠泠音零清也字又從冫音同集韻吳人謂冰曰冷澤交錯而功

問圜則九重孰營度之王逸曰言天圜而九重誰營度而知

◎

乎圜與圜同說文
圜者天之體也
對無營以成沓陽而九沓待合切積也九者老陽積陽爲天故曰沓陽而九轉輠渾淪一作轉輠一作運輠輠胡果胡瓦二切車轂轉貌闢轂而輠輪者禮記雜記又胡鳧切迴也渾音魂淪音論列子氣形質具而未相離故曰渾淪言萬物相渾淪而未相離也蒙以圜號謂天圜九重則陽數也
問惟茲何功孰初作之王逸曰言天有九重而誰功力始作之耶
對冥凝玄釐無功無作
問斡維焉繫天極焉加王逸曰斡轉維綱言天晝夜之轉

旋斡轉也維綱也言天晝夜轉旋寧有維綱繫綴其際極安所加乎○焉於虔切安也後可以意求之

對烏徯繫維徯戶禮切待也淮南子帝張四維運之以斗東北爲報德之維西南爲背陽之維東南爲常羊之維西北爲蹏通之維注四角爲維也乃麋身位麋恐作麼無極之極張衡靈憲八極之極徑二億三萬二千三百里滼瀰非垠滼毋朗切瀰民卑切又莫爾切滼瀰水大貌或形之加孰取大焉謂斗極居中央如太玄所謂天圓地方丰植中央也王逸以爲極際恐未必然也

問八柱何當東南何虧王逸曰言天有八山爲柱背何當值

東南不足誰虧缺之河圖言崑崙者地之中也地下有八柱柱廣十萬里有三千六百軸互相牽制名山大川孔穴相通東方朔神異經曰崑崙有銅柱焉其高入天所謂天柱也

對皇熙亹亹亹戶禮切易成天下之亹亹者胡棟胡宇完離不屬完一作宏屬之欲切附也下同焉恃夫八柱謂天以八山爲柱非所恃也

問九天之際安放安屬王逸曰九天東方皞天東南方陽天南方赤天西南方朱天西方成天西北方幽天北方玄天東北方變天中央鈞天其際會何分安安屬音注所屬繫乎

對無青無黄無赤無黑無中無旁烏際乎天則九天雖用爲九而對以爲不然也

問隅隈多有隈烏回切說文水曲隩隩爾雅厓內爲隩隩外爲隈淮南子天有九野九千九百九十九隅去地五億萬里誰知其數王逸曰言天地廣大隅隈衆多寧有知其數乎

對巧欺淫誑幽陽以别無隈無隅曷憎厥列謂天地方隅不可以數窮也憎毋亘切不明也又眉登切憯也又毋總切心亂也

問天何所沓十二焉分王逸曰沓合也言天與地合會何所分十二辰誰所分别乎洪興祖曰左氏傳日月所會是謂辰注一歲日月凡十二會

所會爲辰

對 折篿剡筳折食列切斷也篿音專楚人名結草折竹以卜曰篿剡音琰削也筳音廷離騷索藑茅以筳篿兮命靈氛爲余占之注筳竹筭也後漢方術傳挺篿折竹注挺八叚竹也音同折一作柝午施旁竪午謂交午也鞠明究曛曛許云切日入餘光自取十二非余之爲焉以告汝意謂巧歷不能計天地之晦明一歲日月十二會固自若也

問 日月安屬列星安陳王逸曰言日月星辰安所繫屬誰陳列也

對 規燬魄淵燬音毁烈也規燬魄淵謂日月也太虛是屬棊

布一作旅
是焉一作
焉是

布萬熒熒謂列星也咸是焉託謂日圓而明月生而靜星若碁熒無所託也

問出自湯谷次于蒙汜王逸曰次舍也汜水涯也言日出東方湯谷之中暮入西極蒙水之涯也湯與暘同汜音似水涯也或音凡或音泛淮南子日出于暘谷浴于咸池拂于扶桑登于扶桑爰始將行淪于蒙谷日入于虞淵之汜曙于蒙谷之浦行九州七舍有五億萬七千三百九里

對輻旋南晝軸奠于北旋音平聲渾天之法天地之形如雞子北聳而南下故北極常不沒南極常不見其轉如車軸日月星辰常下廻也孰彼有出次惟汝方之側次舍也平施旁運惡有谷汜

◎

謂日猶輻旋軸與烏可窮其出次次於谷汜也○汜音凡又音祀又音泛

問自明及晦所行幾里王逸曰言日平旦而出至暮而止所行九幾何里乎

對當焉爲明不逮爲晦度引九窮不可以里謂日之明晦不可以里計也

問夜光何德死則又育王逸曰夜光月也育生也言月何德居於天地死而復生也

對爕炎莫儷音麗隅也淵迫而魄遐違乃專何以死育謂日之炎光莫竝唯月明既極精魄哉生不可以死育測也

問厥利維何而顧菟在腹王逸曰言月中有菟何所貪利居月之中而顧望乎菟與兎同

對玄陰多缺爰感厥兔不形之形惟神是類謂月中有兎玄陰之所感也張衡靈憲月者陰精之宗積而成獸象兎陰之類其數偶蘇鶚演義兎十二屬配卯位處望日月最圓而出於卯上卯兎也其形入於月中遂有是形崔豹古今注兎口有缺張華博物志兎望月而孕自吐其子

問女歧無合夫焉取九子王逸曰女歧神女無夫而生九子也

對陽健陰淫降施蒸摩歧靈而子焉以夫為

漢成帝紀應劭注畫堂畫
九子毋或云即女岐也

問伯强何處惠氣安在 王逸曰伯强大厲疫鬼也所至傷人
惠氣和氣也言陰陽調和則惠氣行
不調和則厲鬼興此三者常何所在

對怪彌寘更 瀰民卑切又莫爾切水貌一作
瀰又作沵與沴同並徒典切陰
陽氣亂曰沴集韻引莊子陰陽氣有沴又即
計切說文水不流也集韻引五行傳若其沴
作又前漢五行志氣相傷謂之沴沴猶臨莅
不和意也如淳曰沴音拂戾之戾義亦同 伯
强乃陽順和調度惠氣出行時屆時縮何有
處鄉 謂氣乖則致厲氣和則致祥非有定處也

問何闔而晦何開而明 王逸曰言天何所闔閉而晦冥何所

開發而明曉乎

對明焉非闇晦焉非藏

未旦之時日安所藏其精光乎

問角宿未旦曜靈安藏

王逸曰角亢東方星曜靈日也東方

對孰旦孰幽繆躔于經

嚴有翼曰繆音糾躔登延切謂日月行也繆音了說文纏也司馬相如子虛賦繆繞玉綏注繆音蓼繆繞相纏結也

蒼龍之寓而迋彼角亢

迋具往切欺也亢音剛星名爾雅壽星角亢也國語辰角見而雨畢注辰角大辰蒼龍之角見者朝見東方建戌之杪寒露節也問言角宿未旦者指東方蒼龍之位耳謂東方蒼龍角亢之宿雖日出之方而其晦明固自有經度也晉志

云左角爲天田主刑亢摠攝天下奏事聽訟理獄録功者也。彼字一本作尉

問不任汨鴻師何以尚之王逸曰汨治也鴻水也師衆也尚舉也言鮌才不任治鴻水衆人何以舉之乎僉曰何憂何不課而行之王逸曰僉衆也課試也言衆人舉鮌治水堯知其不能衆人曰何憂哉何不先試之也書堯典湯湯洪水方割蕩蕩懷山襄陵下民其咨有能俾乂僉曰於鮌哉帝曰吁咈哉方命圮族岳曰异哉試可乃已帝曰往欽哉九載績用弗成

對惟鮌譊譊鮌音袞禹父名尚書作鯀按集韻混字韻内出骸鮌鯀三字通作鯀即無鮌字惟王子年神仙拾遺記云夏鮌理水無功沉於羽川化爲玄魚大千尺後遂死横於河海之間後世以玄字合於魚字爲鮌字譊女交切說文恚呼也隣聖

朱子曰康說特以意言之耳猶其文勢似說鮌聽鴟龜曳銜之計而敗其事

而孽佰師尨蒙乃尚尚其圯謂鮌之不任治洪水衆論不明不察其方命圯族而舉用之也。圯部鄙切毁也后惟師之難瞋頞使試謂四岳舉鮌堯曰吁咈哉僉曰試可乃已非樂於用之也瞋恨張目也頞鼻莖蹙頞也瞋音頻頞音遏

（問）鴟龜曳銜鮌何聽焉王逸曰言鮌治水績用不成堯乃放殺之羽山飛鳥水蟲曳銜而食之鮌何復能不聽之乎順欲成功帝何刑焉王逸曰帝謂堯也言鮌設能順衆人之欲而成其功堯當何爲刑戮之乎永遏在羽山夫何三年不施王逸曰永長也遏絕也施舍也言堯長放鮌於羽山絕在不毛之地三年不舍其罪也朱子曰旅刑殺也

對盜堙息壤招帝震怒史記索隱曰山海經啓筮云鯀竊帝之息壤以堙洪水招舉也漢書以招人過堙與湮同音因塞也說文沒也招音翹集韻舉也尚書洪範鯀堙洪水汨陳其五行賦刑在下而帝乃震怒鯀則殛死禹乃嗣興

投棄于羽方陟元子以胤功定地胤羊晉切嗣也山海經鯀竊帝之息壤以堙洪水帝令祝融殺鯀於羽郊淮南子凡鴻水淵藪自三百仞以上二億三萬三千五百五十里有九淵禹乃以息土填洪水以爲名山注息土不耗減掘之益多故以填洪水也

胡離厥考而鴟龜肆喙考謂禹之父鯀也喙吁穢切說文口也○鴟與鳥同

問伯禹腹鯀夫何以變化王逸曰禹鯀子也言鯀愚狠腹

而生禹禹小見其所爲何以能變化而成聖德也纂就前緒遂成考功王逸曰父死稱緒業也言禹能纂代鯀之遺業而成考父之功也何續初繼業而厥謀不同王逸曰何言禹能繼續鯀業而謀慮不同也

對氣孽宜害而嗣續得聖汙塗而藻夫固不可以類謂鯀既殛于羽山蠡鳥之所曳銜而其子有禹之聖蓮生泥中自不類也○藻音渠集韻芙藻荷總名謂荷之生於淤泥中以喻禹之生於鯀也胚躬躄步胚當作胝胝同張泥切皮厚也一曰繭也說文胝腄也腄株垂切癩也列子揚朱篇身體偏枯手足胼胝躄必益切又蒲結切跛也揚子巫步多禹注謂姒氏治水土涉山川病

足故跛也行橋楯勸踣橋音蹺丘遥切史記禹本紀山行乘檋注一作橋音同檋車謂以鐵如錐頭長半寸施之履下以上山不蹉跌也又音紀紀録切楯勑倫切説文車約軔也書予乘四載注泥乘楯正義引前漢溝洫志泥行乘毳注泥行所乘者又橇字通作楯同勑倫切注禹治水所乘者古篆變形字體改易説者不同未知孰是橋一作檋一作樏或作梮勸世切又音曳勞也踣蒲墨切説文僵也勸踣謂勞劇而頓仆也踣一作路

厥十有三載乃蓋考醜宜儀刑九疇尚書禹貢作十有三載乃同史記商紀禹傷父鯀功之不成乃勞身焦思居外十三年過家門不敢入洪範鯀則殛死禹乃嗣興天乃錫禹洪範九疇注疇類也一五行二五事三八政四五紀五皇極六三德七稽疑八庶徵九五福

受是玄寶尚書禹貢禹錫玄圭告厥

成功

昏成厥孽昭生于德惟氏之繼夫孰謀之式謂禹胼手胝足勤勞底績以覆蓋其父之惡敷九疇錫玄圭唯繼鯀之氏而不法其謀也

問洪泉極深何以寘之王逸曰言洪水淵泉極深大禹何用寘塞而平之乎

泉將避唐諱改淵作泉

寘与塡同

對行鴻下隤隤徒回切說文下墜也厥丘乃降焉塡絕淵塡與寘同音田塞也然後夷于土謂禹行洪水既平降丘宅土不待塡塞淮南子禹乃以息土塡鴻水九淵以爲名山今子厚之對以爲不然也

問地方九則何以墳之王逸曰墳分也謂九州之地凡有九

◎

品禹何以能分別之乎（新添）竹坡周少隱楚辭贅說曰子厚對亦是以墳爲分字當讀爲憤墳高也

（對）從民之宜乃九于野墳厥貢藝而有上中下謂從民之所宜咸則三壤而成賦中邦也墳符吻切墳言土脉憤起也九州之土不同因以定貢藝故有上中下之差焉

（問）應龍何畫河海何歷王逸曰有鱗曰蛟龍有翼曰應龍歷過也言河海所出至遠應龍過歷遊之無所不窮也或曰禹治洪水時有神龍以尾畫導水淫所當決者因而治之

（對）胡聖爲不足反謀龍智畚鍤究勤畚音本鍤音插

而期畫厥尾盖以王逸注神龍之事爲不然也畚音本說文斷屬蒲器也左
傳寘諸畚注畚以草索爲之筥屬鍤測洽切
鍪也山海經圖犂丘山有應龍者龍之有翼
者也夏禹治水有應龍
以尾畫地即水泉流通

問鯀何所營禹何所成王逸曰言鯀治洪水何所營度禹何所
成就乎
康回馮怒地何故以東南傾王逸曰康回共
工名也淮南言共工與顓頊爭爲帝不得怒而觸不周之山天維絕地柱折故東南
傾地一作墬篆回也

對圜燾廓大圜與圓同說文天體也燾徒到切說文溥覆照也厥立
不植地之東南亦巳西北彼回小子胡顛隕

爾力夫誰駭汝爲此而以恩天極謂非康回可得而傾也隕羽敏切說文從高下也恩明因切辱也擾也列子共工氏子與顓頊爭爲帝怒而觸不周之山折天柱絕地維故天傾西北日月星辰就焉地不滿東南百川水潦歸焉

問九州何錯錯倉故切置也川谷何洿王逸曰錯厠也洿深也言九州錯厠禹何所分別之川谷淤地何以獨洿深乎洿叶音戶

對州錯富媼媼烏浩切說文女老稱前漢郊祀歌后土富媼注坤爲母故稱媼也爰定于趾躁川靜谷躁則到切說文本亦作燥先到切說文乾也形有高庳庳音婢又音卑短也

問東流不溢孰知其故王逸曰言百川東流不知蒲溢誰有

知其何故也

對東窟歸墟墟當作墟同丘於切說文大丘也列子勃海之東不知幾億萬里有大壑焉實惟無底之谷名曰歸墟八紘九野之水天漢之流莫不注之而無增無減焉又環西盈脉穴土區而濁濁清清墳壚熮熮當作燥墳房粉切土膏肥也壚音盧說文黑剛土也尚書下土墳壚注下者壚壚疏滲渴而升滲所禁切說文下漉也充融有餘泄漏復行莊子天下之水莫大於海百川歸之不知何時止而不盈尾閭泄之不知何時已而不虛器運溦溦溦音悠水流貌又何溢爲謂九州川谷錯夸各有其勢永之東流回環其理自不溢也

問東西南北其脩孰多王逸曰脩長也言天地東西南北誰爲長乎

對東西南北其極無方夫何鴻洞鴻洞並音去聲鴻大也洞通也而課校脩長謂不可計其孰脩也○一本無校字淮南子闔四海之內東西二萬八千里南北二萬六千里注子午爲經卯酉爲緯言經短緯長也禹乃使太章步自東至于西極二億三萬三千五百里七十五步使豎亥步自北極至于南極二億三萬三千五百里七十五步注海內有長短極內等也其他諸說不同

問南北順橢橢音妥狹而長也其衍幾何王逸曰衍廣大也言南北橢長其廣差幾何

對茫忽不準孰衍孰窮亦謂不可討其孰衍也

問崑崙縣圃其尻安在王逸曰崑崙山名也在西北元氣所出其巔曰縣圃縣圃乃上通於天也尻一作居水經崑崙之山三級下曰樊桐一名板松二曰玄圃一名閬風上曰層城一名天庭尻丘刀切尻与居同

對積高于乾崑崙攸居禹本紀崑崙山高三千五百餘里日月所相避隱爲光明也水經崑崙山在西北去嵩高五萬里地之中也其高萬一千里河水出其東北陬蓬首虎齒爰處爰都山海經西海之南流沙之濱赤水之後黑水之前有大山名崑崙之丘其下有弱水之淵環之有蓬首虎齒戴勝而處者名王毋也

問增城九重其高幾里王逸曰淮南言崑崙之山九重其高萬五千里也

對增城之高萬有三千增與層同才登切重也淮南子崑崙虛中有增城九重其高萬一千里百一十四步二尺六寸東方朔十洲記崑崙山有三角一角正東名曰崑崙宮其處有積金爲墉城面方千里城上安金臺五所玉樓十二此云萬有三千其說不同誕實未詳

問四方之門其誰從焉王逸曰言天地四方各有一門其誰從之上下也或曰淮南子崑崙虛旁有四百四十門門間四里里間九純純丈五尺

對清溫燠寒清寒也燠熱也黃帝素問內經天不足西北左寒而右涼地不

蒲東南右熱而左溫注東方涼北方寒東方濕南方熱熱氣化猶然也迭出于時

時之丕革由是而門

問西北辟啓何氣通焉王逸曰言天西北之門每常開啓豈元氣之所通辟通作闢開也淮南子崑崙虛五橫維其西北隅北門開以納不周之風按不周山在崑崙西北不周風自此出也

對辟啓以通茲氣之元謂崑崙之高一寒一暑氣所從出西北天門又氣之所通也

問日安不到燭龍何照王逸曰言天地之西北有幽冥無日之國有龍銜燭而照之山海經鍾山之神名曰燭陰視爲晝瞑爲夜吹爲冬呼爲

夏不飲不食不喘不息身長千里注曰即燭龍也

對脩龍口爕燎力照切照也爰北其首首手又切嚮也九陰極宾厥朔以炳山海經西北海之外赤水之北有章尾山有神人而蛇身而赤其瞑乃晦其視乃明是謂燭龍文選雪賦爛兮若燭龍銜曜照崑崙是也

問羲和之未揚若華何光王逸曰言日未揚出之時若木何能有明赤之光華也廣雅曰御日曰羲和月御曰望舒山海經東南海外有羲和之國有女子名曰羲和是生十日常浴日於甘淵又灰野之山有樹赤葉赤華名曰若木日所入處生崑崙西附西極也又淮南子若木在建木西末有十日其華照下地注若木端有十日狀如蓮珠華光也光照其下也

對惟若之華稟羲以耀謂若木依日而光耀耳

問何所冬暖何所夏寒王逸曰暖溫也言地之氣何所有冬溫而夏寒者乎

對狂山凝凝凝元注音巋魚力切山海經狂山無草木冬夏有雪狂水出焉冰于北至爰有炎洲司寒不得以試東方朔十洲記南方有炎洲在南海中其地方二千里淮南子南至委火炎風之時北方之極有凍寒積冰雪霰霜露漂潤羣水之野

問焉有石林何獸能言王逸曰言天下何所有石木之林林中有獸能言語者乎

◎

雄

對石胡不林徃視西極 文選吳都賦雖有石林之窄㟧請攘臂而靡之雖有𧉮之九首將抗足而跳之按賦以石林與雄𧉮同稱則石林當在南方然子厚云石胡不林徃視西極按淮南子西方之極石城金室未見石林所出也

獸言嘐嘐人名是達 嘐火包切說文誇語也通作咬注鳥聲也山海經鵲山有獸類獮猴被髮垂地名曰猩猩知人名其爲獸如豕而人面

問焉有虬龍負熊以遊 王逸曰有角曰龍無角曰虬言寧有無角之龍負熊獸以戲遊者乎熊形類犬豕而性輕捷好攀緣上高木見人則顛倒自投地而下也

對有虬蜲蛇不角不鱗 虬渠幽切廣韻無角龍也又居幽切諸韻

並作蚪蜲虵上於危切一作委音同下余知切詩委虵委虵注行可從迹也嬉夫

玄熊相待以神

（問）雄虺九首儵忽焉在王逸曰虺蛇別名也儵忽電光也言有雄虺一身九頭速及電光皆何所在乎虺許偉切惡蛇也爾雅釋魚腹虺博三寸首大如擘跡江淮以南曰蝮江淮以北曰虺有牙最毒儵一作儵並音叔說文走也

（對）南有怪虺羅首以噬儵忽之居帝南北海

按王逸注儵忽電光也又招魂南方雄虺九首往來儵忽注儵忽疾急貌考之楚辭兩處正文意義但爲迅疾貌而王逸之注自相戾此子厚之對直取南海之帝爲儵北海之帝爲忽而言故謂王逸爲電光非也然按莊子乃寓言耳子厚引之以爲證恐非屈原本意

也

問何所不死死一作老長人是守王逸曰括地象曰有不死之國長人長狄春秋云防風氏也禹會諸侯防風氏後至於是使守封隅之山也

對貟丘之國身民後死員與圓同山海經不死民在交脛國東其人黑色壽不死注圓丘上有不死樹食之乃壽有赤水飲之不老封嵎之守其橫九里嵎音隅封嵎二山在吳楚之間注芒氏之國魯國語吳隳會稽獲巨骨焉問之仲尼仲尼曰昔禹致羣臣於會稽之山防風氏後至禹殺而戮之其骨專車客曰敢問誰守爲神仲尼曰山川之靈足以紀綱天下者其守爲神客曰防風氏何守也仲尼曰汪芒氏之君也守封嵎之山者也爲漆姓在虞夏商爲汪芒氏於周爲長翟今爲大

人長之極幾何仲尼曰長者不過十數之極也註今湖州武康縣東有防風山山東二百步有禺山防風氏廟在封禺二山之間春秋穀梁傳文公十一年叔孫得臣敗狄于鹹長狄也射其目身橫九畝

問 靡蓱九衢枲華安居 王逸曰九交道曰衢言蓱草寧有生於水上無根乃蔓衍於九交之道又有枲麻垂華榮何所有此物乎枲相里切爾雅釋草有枲麻麻有子九衢其枝九出見山海經有四衢五衢之說曰枲䟽麻一名枲蓱說文萍也

對 有萍九歧厥圖以詭 萍音平說文苹也無根浮水上而生者也山海經宣山上有桑焉其枝四衢注枝交互四出又少室山有木名帝休其枝五衢注樹枝交錯相重互出有象路衢故子厚注云逸以爲生九衢中謬矣

浮山孰產赤

華伊泉山海經浮山有草焉其葉如麻赤華即泉華也

問靈蛇吞象厥骨何如王逸曰南方有靈蛇吞象三年然後出其骨靈或作一骨或作大

對巴蛇腹象足覿厥大三歲遺骨其脩巳號覿一作觀山海經南海內有巴蛇身長百尋其色青黃赤黑食象三歲而出其骨君子服之無心腹疾文選吳都賦屠巴蛇出象骼

問黑水玄趾三危安在王逸曰玄趾三危皆山名也在西方黑水出崑崙山趾一作沚一作阯

對黑水淫淫窮于不姜玄趾則北三危則南

不妥無理將西羌二字之訛

尚書禹貢導黑水至于三危入于南海按黑水出張掖雞山自三危山南流至文單國謂之扶南江至奔陀國入于南海

問 延年不死壽何所止王逸曰言僊人稟命不死其壽獨何竆止也黃帝素問上古有真人壽敝天地無有終時中古有至人益其壽命而强者也其次有聖人者形體不敝精神不散亦可以百數也

對 僊者幽幽壽焉孰慕短長不齊咸各有止胡紛華漫汗而潛謂不死淮南子俶真訓至德之世徙倚于漫汗之宇注漫汗無形又道應訓盧敖遊乎北海見王焉玄鬢而鳶肩軒軒然迎風而舞笑曰吾與漫汗期于九垓之外不可以久舉臂而聳遂入雲中敖仰視之弗見注漫汗不

可知之也

問鯪魚何所鬿堆焉處王逸曰鬿堆鯉也一云鯪鯉也有四足出南方鬿堆奇獸也鬿渠希切堆都回切

對鯪魚人貌邇列姑射鯪音陵射音亦列子姑射山在海河洲中山上有僊人焉山海經西海中近列姑射山有陵魚人面人手魚身見則風濤起風土記鯪魚腹背皆有刺如五角菱非王逸之註所謂鯪鯉也鬿雀峙北號惟人是食山海經北號山有鳥狀如雞而白首鼠足虎爪名曰鬿雀食人子厚注謂堆當爲雀焉按集韻鴟雀屬同都廻切則鬿堆即鬿雀也

問羿焉彃日烏焉解羽王逸曰淮南言堯時十日並出草木

史記射支
左屈右

焦枯堯令羿仰射十日中其九日日中九烏皆死墮其羽翼也羿五計切堯之射官也彈音畢說文射也或作彈解胡買切散也又佳買切判也按子厚之對改烏爲烏則彈日解羽遂成兩事若用王逸之注引淮南之說證之則烏當如字讀義意雖通則問對之言各相戾也

柳云烏當作鳥
朱子曰如舊說乃日中之烏借解羽以問

對焉有十日其火百物羿宜炭赫厥體胡庸以枝屈山海經黑齒之北曰湯谷居水中有扶木九日居下枝皆戴烏注羿射十日中其九大澤千里羣鳥是解按山海經羣鳥之所生及所解又穆天子傳北至曠原之野飛鳥之解其羽子厚用此以爲對故改烏爲烏則與屈原之問上下二句各是一事義不相配也

問禹之力獻功降省下土四方王逸注言禹以勤力獻進其功堯因使省治下土四方也焉得彼嵞山女而通之于台桑王逸曰言禹引治水道娶嵞山之女而通夫婦之道於台桑之地嵞與塗同說文嵞會稽山也閔妃配合配一作匹厥身是繼王逸曰閔憂也言禹所以憂無妃匹者欲爲身立繼嗣也胡維嗜慾不同味而快鼂飽王逸曰言禹治水道娶者憂无紀綱耳何特與衆人同嗜慾苟欲快飽一朝之情乎故以辛酉日娶甲子日去而有啓也鼂音朝暮之朝言禹之所嗜與衆人異味衆人所嗜以足其情欲禹所嗜者拯民之溺耳厭一無慾字

對禹懲于續嵞婦亟合亟許力切急也書益稷篇禹娶于塗山辛

壬癸甲啓呱呱而泣予弗子惟荒度土功呂氏春秋禹娶塗山氏女不以私害公自辛至甲四日復往治水胈離厥膚胈蒲末切膚毳皮也莊子禹治水腓無胈三門以不眡眡善旨切與視同後同孟子滕文公篇禹入年於外三過其門而不入呱呱之不盡盡迄力切傷痛也而孰圖厥咮卒燥中野燥先到切說文乾也中一作于民攸宇攸曁謂禹娶嵞山氏之女雖念繼嗣之重而勤勞不顧其家非徒欲飽快一朝之情盖欲民安其居也宇一作字曁當作墍息也詩泂篇民之攸墍言水患既平民得所字養而安息也

(問)啓代益作后卒然離蠥王逸曰益禹賢臣作爲也后君也離遭也蠥憂也言禹以天下禪益益避啓於箕山之陽天下皆去益而歸啓以爲

君益卒不得立故曰遭憂也蠥一作孽憂也書甘誓啓與有扈戰于甘之野說者曰有扈氏與夏同姓啓有天下有扈不服大戰于甘故云卒然離蠥

對彼咴克滅俾姒作夏姒詳里切禹姓也史記舜紀帝禹爲夏后而別姓姒氏獻后益于帝孟子萬章篇禹薦益於天益避禹之子於箕山之陰朝覲獄訟者不歸益而之啓曰吾君之子也謳歌者不謳歌益而謳歌啓曰吾君之子也諄諄以不命復爲叟者曷戚曷孽謂益避啓於箕山之陰此天意也祊何憂焉

問何啓惟憂而能拘是達王逸曰言天下所去益就啓者以其能憂思道德而通其拘隔拘隔者皆謂有扈氏叛啓啓率六卿而伐之也

歸射籟而無害厥躬王逸曰射行也籟窮也言有扈氏所行皆歸於窮惡故啓誅之並得長無害於身者也○籟音菊

對 哌勤于德民以乳活扈仇厥正帝授柄以撻兇窮聖庸夫孰克害謂啓之賢民賴以生誅有扈氏之叛而無敢害者害協音曷傷也

問 何后益作革而禹播降王逸曰后君也革更也播種也降下也言啓所以能變化更益而代益爲君者以禹平治水土百姓得下種百穀故思歸啓也降協音洪

益焚山澤奏鮮食所謂作革也稷降播種而曰禹者水土平然後可播故也

對 益革民艱咸粲厥粒惟禹授以土爰稼萬

億達溺踐垍垍巨志切垍堅土也休居以康食康安食食也

姑不失聖天胡往不道一無聖天二字

問

啓棘賓商九辯九歌王逸曰棘陳也賓列也九辯九歌啓所作樂也言啓能備脩明禹業陳列宮商之音備其禮樂也山海經夏后氏上三嬪于天得九辯與九歌以下注皆天帝樂名啓登天而竊以下用之故騷經云啓九辯與九歌兮夏康娛以自縱注夏康啓子太康也朱子曰棘當作夢商當作天以篆文相似而誤也

對

啓達厥聲堪輿以呻堪輿天地也呻音申辨同容之

序帝以賀嬪賀莫候切義未詳嬪音賓又音頻婦也

問

何勤子屠母而死分竟墬王逸曰勤勞也屠裂剝也

言禹腷剥毋背而生兵毋之身分散竟墜何以能有聖德憂勞天下乎禹以勤劳修鯀之功故曰勤子也

（對）禹毋產聖何䮃厥旅䮃普逼切判也裂也旅當作膂字林膂脊骨也帝王世紀禹腷剥毋背而生腷音䮃前志所傳脩巳背拆而生禹簡狄胷剖而生契

彼滛言亂噣噣陟救切口也與咮同聰職以不處職古獲切耳也謂無此理也

（問）帝降夷羿革孽夏氏王逸曰帝天帝也夷羿諸侯弒夏后相者也革更孽憂也言羿弒夏家居天子之位荒滛田獵變更夏道爲萬民憂患也羿五㪷切此乃有窮之羿非堯時羿也左氏傳襄公四年虞人之箴曰在帝夷羿冒

于原獸忘其國恤而思其麀
牝武不可重用不恢于夏家

（對）夷羿滔淫左傳襄公四年昔有夏之衰羿自鉏遷于窮因夏民以代夏政恃其射也不脩民事而淫于原獸割更后相左傳哀公元年昔有過澆殺斟灌而以伐斟尋滅夏后相流五帀切謂夷羿殺夏后相非天意也夫孰作厥孽而誣帝以降

（問）胡羿射夫河伯而妻彼雒嬪王逸曰胡何也雒嬪水神謂宓妃也傳曰河伯化爲白龍游於水旁羿見射之眇其左目河伯上訴天帝日爾何故得見射河伯曰我時化爲白龍出遊天帝曰使汝深守神靈羿何從得射也汝今爲虫獸當爲人所射固其宜也羿何罪歟羿又夢與雒水神宓妃交接也謂

堯時羿非有窮之羿也淮南子河伯溺殺人羿射其左目注堯時羿射十日繳大風殺窫窳斬九嬰射河伯

（對）震鰝厥鱗鰝古老切白也集矢于皖皖華板切字當從目從完說文大目也肆叫帝不諶諶氏林切誠也失位滋嫚嫚莫晏切說文侮易也有洛之嫮嫮胡故切好貌焉妻于狡妻七計切女嫁人也

（問）馮珧利決馮音憑珧音姚封豨是射王逸曰馮挾也珧弓名也決射韝也封豨神獸也言羿不循道德而挾弓射韝獵捕神獸以快其情也豨虛豈切通作豨方言猪謂之豨也何獻蒸肉之膏而后帝

不若王逸曰蒸祭也后帝天帝也若順也言羿射封狶以其肉膏祭天帝天帝
猶不順羿之所爲也淮南本經訓堯之時
封豕脩蛇皆爲民害堯乃使羿斷脩蛇於
洞庭擒封狶於桑林按此言有窮羿亦封
狶是射而反爲民害也左傳昭公二十八
年樂正夔生伯封實有豕心貪惏無厭忿
類無期謂之封豕有窮后羿滅之帝謂天
帝也

對夸夫快殺夸音誇大言也夫音扶語助也鼎狶以慮飽馨
膏腴帝叛德愆力胡肥台舌喉台音怡我也而濫
厥福

問浞娶純狐眩妻爰謀王逸曰浞羿相也爰於也眩惑也言

浞娶於純狐氏女眩惑愛之遂與浞謀殺羿也浞食角切寒浞也何羿之射革而交吞揆之王逸曰吞滅也揆度也言羿好射獵不恤政事浞交接國中布恩施德而吞滅之也

對寒浞婦謀后夷卒戕戕音牆殺也左傳襄公四年羿不脩民事而淫于原獸寒浞伯明氏之讒子弟也信之使為己相浞行淫于內施賂于外虞羿于田樹之詐慝以取其國家羿田將歸家臣蒙逢殺而烹之浞因羿室生澆及殪恃其讒慝詐偽而不德于民使澆用師滅斟灌及斟尋氏夏遺臣靡自有鬲氏收二國之燼以滅浞而立少康少康滅澆于過后杼滅殪于戈有窮由是遂亡荒棄于野俾姧民是臧舉土作仇徒怙身張謂浞謀殺羿羿徒恃其張矢而

不悟也

問阻窮西征巖何越焉王逸曰阻險也窮窘也越度也言堯放鮌羽山西行度越岑巖之險因墮死也化而爲黃能巫何活焉王逸曰活生也鮌死後化爲黃能入於羽山淵豈巫醫所能復生活也左傳昭公七年昔堯殛鯀于羽山其神化爲黃熊以入于淵晉語作黃能按能獸名能奴來切三足鼈也二書皆出左氏而自爲同異據言入于羽淵當以黃能爲是蓋熊非入水之物

對鮌殛羽巖礼部韻縣音袞注云禹父名今從魚詳上文乃是縣字化黃而淵

（問）咸播秬黍萯雚是營 王逸曰咸皆也秬黍黑黍也雚草名營爲也言禹平治水土萬民皆得耕種於雚蒲之地盡爲良田也秬音巨黑黍也蒲即蒲字蒲水草可以織席雚音丸與萑同亂也或作藿非

（對）子宜播穜稺 子一作予穜一徵力切又時力切先種曰穜一曰長稼也稺音雉後種曰稺一曰幼稼也詩閟宮穜稺菽麥 于丘于川維莞維蒲 莞胡官切又音官說文草也可以爲席 維蔬維蘆 蔬音孤蘆音盧 丕徹以圖民以讙以都

（問）何由幷投而鮌疾脩盈 王逸曰疾惡也脩長也盈滿也由用也言堯不惡鮌而戮殺之則禹不得嗣興民何得投種五穀乎乃知鮌惡長滿

天下也言禹平水土民得種五穀美何由鮌惡長滿天下乎所謂蓋前人之愆也

(對)堯酷厥父厥子激以功激一作徼非是魯國語鮌障洪水而殛死禹能以德脩鮌之功克碩厥祀後世是郊謂鮌既殛死禹乃嗣興以永厥祀也左傳昭公七年鮌化爲黃熊入于深淵實爲夏郊三代祀之

(問)白蜺嬰茀胡爲此堂王逸曰蜺雲之有色似龍者也茀白雲逶蛇若蛇者也言此有蜺茀氣逶移相嬰何爲此堂乎蓋屈原所見祠堂也蜺一作霓雌虹也○茀音弗疑作䨢說文雲貌安得夫良藥不能固臧王逸曰臧善也言崔文子學仙於王子僑子僑化爲白蜺而嬰茀持藥與崔文子文子驚怪引戈擊蜺中之因墮其藥俯而視之王子僑之尸也故言得藥不善也

天式從横陽離爰死王逸曰式法也爰於也言天法有善陰陽從横之道人失陽氣則死也大鳥何鳴夫焉喪厥體王逸曰古崔文子取于僑之尸置中覆之以幣篚須臾則化爲大鳥而鳴開而視之翻飛而去文子干焉能亡子僑之身乎言仙人不可殺也

（對）王子怪駭蜺形茀裳文褫操戈褫丑豕切奪衣也操倉刀切持也猶懵大藥良懵毋亘切不明也終鳥號以游號乎刀切呼也奮厥篚筐曶漠莫謀曶呼骨切出氣詞也形胡在胡亡

（問）蓱號起雨何以興之王逸曰蓱蓱翳雨師名也號呼也興

◎

起也言雨師號呼興則雲起而雨下獨何以興之乎

對　幽陽潛爨取亂切陰蒸而雨蓱馮以興厥號爰所

問　撰體協脅鹿何膺之王逸曰膺受也言天撰十二神鹿一身八足兩頭獨何膺受此形體乎撰具也撰雞縮切

對　氣怪以神爰有奇軀脇屬支偶脇虛業切兩脇也屬音燭連也尸帝之隅

問　鼇戴山抃何以安之王逸曰鼇大龜也擊手曰抃列仙傳曰有巨靈之鼇背負蓬萊之山而抃戲滄海之中獨何以安之乎

對宅靈之丘掉焉不危鼇厥首而恒以恬夷列子湯問篇勃海之東有五山焉岱輿員嶠方壺瀛洲蓬萊其山高下周旋三萬里所居之人皆仙聖之種五山之根無所連著帝命禺彊使巨鼇十五舉首而戴之迭爲三番六萬歲一交焉五山始峙而不動

問釋舟陵行何以遷之王逸曰釋置也舟船也遷徙也言鼇所以能負山若舟船者以其在水中也使鼇釋水而陵行則反爲人所負何能遷徙此山乎

對要釋而陵要當作惡音烏何也殆或謫之龍伯負骨帝尚窄之窄則格切狹也列子湯問篇龍伯之国有大人舉足不盈數步而暨

五山之所一鈞而連六鼇合負而趨歸其國灼其骨以數焉帝憑怒侵減龍伯之國使阨侵小龍伯之民使短

（問）惟澆在戶何求于嫂王逸曰澆古多力者也論語曰澆盪舟言澆無義淫泆其嫂往至其戶佯有所求因與行淫亂也澆五弔切一作奡五耗切寒浞子也何少康逐犬而顛隕厥首王逸曰言夏后少康因田獵放犬逐獸殺澆而斷其頭

（對）澆嫪以力嫪音勞妬也又郎到切說文姻也聲類姻嫪悋惜也兄麀聚之麀音幽牝鹿也禮記故父子聚麀康假于田肆克宇之

（問）女歧縫裳而館同爰止王逸曰女歧澆嫂也爰於也言

女岐與澆淫泆爲之縫裳於是共舍而止宿也何顛易厥首而親以逢殆王逸曰逢遇也殆危也言少康夜襲得女岐頭以爲澆因斷之故言易首爲遇危殆也

對既漦既舍宜咸墜厥首一無既漦二字

問湯謀易旅何以厚之王逸曰湯殷王也旅衆也言殷湯欲變易夏衆使之從已獨何以厚待之乎

朱子曰湯將作康謂少康也有衆一旅遂滅過澆

對湯奮癸旅爰以傴拊癸居誅切桀名也傴委羽切拊斐甫切傴拊謂矜憐撫掩之也尚書湯與桀戰于鳴條之野載厥德于葛以詰仇餉詰去吉切問也餉式亮切饋也尚書仲虺之誥乃葛伯仇餉初征自葛始攸徂

之民室家相慶曰徯我后后來其蘇民之戴商厥惟舊哉孟子滕文公篇湯居亳與葛爲隣葛伯放而不祀湯使人問之曰何爲不祀曰無以供犧牲也湯使遺之牛羊葛伯食之又不以祀又使人問之曰何爲不祀曰無以供粢盛也湯使亳衆往爲之耕老弱饋食葛伯率其民要其有酒食黍稻者奪之不授者殺之有童子以黍肉餉殺而奪之書曰葛伯仇餉此之謂也爲其殺是童子而征之四海之内皆曰非富天下也爲匹夫匹婦復讐也嚴有翼曰言成湯欲變改夏桀之衆何以傴拊而厚之殊不知湯之厚其衆以德而已所謂以詰仇餉是也

問覆舟斟尋何道取之王逸曰覆反也舟船也斟尋國名也言少康滅斟尋氏奄若覆舟獨以何道取之乎

對康復舊物尋焉保之焉於虔切安也左傳襄公元年昔有過澆殺斟灌以伐斟尋滅夏后相后緍方娠逃歸有仍生少康焉爲仍牧正能布其德以收夏衆遂滅過戈按此則取斟尋乃有過澆非少康也王逸注非是子厚亦以康復舊物爲言承逸之誤也覆舟喻易尚或艱之

問桀伐蒙山何所得焉王逸曰桀夏亡主也蒙小國名也言夏桀征伐蒙山之國而得妹嬉妹嬉何肆湯何殛焉王逸曰言桀得妹嬉肆其情意故湯放之南巢也妹莫撥切嬉一作喜許其切晉國語昔夏桀伐有施有施人以妹嬉女焉注有施喜姓之國妹喜其女也

對惟桀嗜色戎得蒙妹滛處暴娛以大啓厥

伐謂桀伐蒙山而得妹嬉民棄不保馴致南
巢之伐也淮南子本經訓湯以革車三百
乘伐桀于南
巢放之夏臺

問舜閔在家父何以鰥王逸曰舜帝舜也
閔憂也無妻曰鰥
言舜爲布衣憂閔其家其父頑母嚚不堯
爲娶婦乃至於鰥也鰥克頑切獨也
不姚告二女何親王逸曰姚舜姓也言堯
不告舜父母而妻之也
如令告之則不聽堯女當何親附乎孟子
云舜不告而娶爲無後也君子以爲猶告
也又云帝之妻舜而不告何也曰帝亦知
告焉則不得娶也伊川程氏曰舜不告而
娶固不可堯命瞽瞍使舜娶舜雖不告厥
堯固告之爾堯之告也以君治之而已
萌在初何所意焉王逸曰言賢者預見施
行萌芽之端而知其存

亍善惡之所終非虛意也　厥萌以下八字當在下問上　意与億同

對瞽父仇舜鰥以不儷謂瞽也仇舜而鰥在下堯以二子妻之也儷音麗偶也堯專以女女尼據切以女妻人曰女尚書堯典女于時觀厥刑于二女釐降二女于嬀汭嬪于虞劉向列女傳二女娥皇女英也茲俾徧厥世惟蒸蒸翼翼尚書堯典父頑母嚚象傲克諧以孝烝烝乂象于嬀之汭嬀居危切汭如銳切嬀水之汭舜之所居也

問璝臺十成誰所極焉王逸曰璝石次玉者也言紂作象箸而箕子歎預知象箸必有玉杯玉杯必盛熊膰豹胎如此則必崇廣宮室紂果作玉臺十重糟丘酒池以至於亡也

對紂臺于璜箕克兆之璜音黄美玉也紂爲璜臺知其有必亡之兆者箕子也淮南子本經訓紂爲璇室瑶臺象廊玉牀

吳志顧劭薛綜紂之象箸果作璜臺

問登立爲帝孰道尚之王逸曰言伏羲始作八卦脩行道德萬民登以爲帝誰開導而尊尚之也

對惟德登帝師以首之謂伏羲有德而民登以爲帝洪興祖云師一作帥登帝謂匹夫而有天下者舜禹是也

問女媧有體孰制匠之王逸曰女媧人頭蛇身一日七十化其體如此

對媧軀虺號占以類之胡曰日化七十工獲

詭之 謂女媧之事爲詭也誰所制匠而圖之乎媧古華切古風姓天子也山海經女媧之腸化爲神處栗廣之野注女媧古神女帝人面蛇身一日中七十變其腸化爲此神列子女媧氏蛇身人面牛首虎鼻此有非人之狀而有大聖之德淮南子黄帝生陰陽上駢生耳目桑林生臂手此女媧所以七十化也

問 舜服厥弟終然爲害 王逸曰服事也厥其也言舜弟象施行無道舜猶服而事之然象則終欲害舜也 何肆犬體而厥身不危敗 王逸曰言象無道肆其犬豕之心燒廩窴井欲以殺舜然終不能危敗舜身也 體一作豕

對 舜弟眡厥仇 眡與視同 畢屠水火夫固優游以

聖而孰殆厥禍史記舜紀舜父瞽瞍盲而舜母死瞽瞍娶妻而生象愛後
妻子常欲殺舜舜順事父及後母與弟日以
謹篤劉向列女傳瞽瞍與象謀殺舜使塗廩
舜告二女二女曰時惟其戕汝惟時其焚女
鵲汝衣裳鳥工往舜既治廩旋階瞽瞍焚廩
舜往飛復使浚井舜告二女二女曰時亦惟
其戕汝時其掩汝汝去衣裳龍工往舜復浚
井格其入出從掩舜潛出犬斷于德齗魚斤切疑當作狺犬鬪聲也終不
克以螘昆庸致愛邑鼻以賦富鼻毗至切集韻有庳國名
象所封通作鼻前漢鄒陽傳作有畀並同音
孟子萬章篇仁人之於弟也親之欲其貴也
愛之欲其富也封之有庳富貴之也倦遊録
道州永州之間有地名鼻亭去兩州各二百
里岸有廟
即象祠也

問吳獲迄古南嶽是止王逸曰獲得也迄至也古謂古公亶父也言吳國得賢君至古公亶父之時而遇太伯陰讓避王季辭之南嶽之下求採藥於是遂止而不還也孰期去斯得兩男子王逸曰期會也昔古公有少子曰王季而生聖子文王古公欲立王季令天命至文王長子太伯及弟仲雍去而之吳吳立以爲君誰與期會而得兩男子兩男者謂太伯仲雍二人也○去一作大

對嗟伯之仁遜弟旅嶽雍同度厥義以嘉吳國伯謂太伯季謂季歷雍謂仲雍也遜季一作遜弟史記吳世家吳太伯弟仲雍皆古公亶父之子而王季歷之兄也季歷賢而有聖子昌古公欲立季歷以及昌於是太伯仲

雍乃犇荆蠻以避季歷自號勾吳荆蠻義之從而歸者千餘家立爲吳太伯〻卒弟仲雍立

（問）緣鵠飾玉后帝是饗王逸曰后帝謂殷湯也言伊尹始仕因緣烹鵠鳥之羹修飾玉鼎以事於湯湯賢之遂以爲相也饗叶音去聲歆也

何承謀夏桀終以滅喪王逸曰言湯遂用伊尹之謀伐夏桀終以滅亡也喪去聲亡也

（對）空桑鼎殷諂羡厥鵠列子伊尹生于空桑注傳記曰伊尹母居伊水之上既孕夢神告曰臼水出而東走無顧明日視臼出水東走十里其邑盡爲水身因化爲空桑有莘氏女子採桑得嬰兒空桑之中故命曰伊尹獻其君令庖人養之史記殷紀阿衡欲干湯而無由乃爲有莘氏媵臣負鼎俎以滋味說湯致於王道

惟軻

知言睊焉以爲不軻孟子名也睊居莧切又音閑視也與覸同不與與否同孟子公孫丑篇敢問夫子惡乎長曰我知言萬章篇萬章問曰伊尹以割烹要湯有諸孟子曰否不然吾聞以堯舜之道要湯未聞以割烹也伊尹負鼎于湯猶太公屠釣之類於傳有之孟子不以爲然者慮後世貪鄙之徒託此以自進耳若謂初無負鼎之說則古書皆不可信乎仁易愚危夫曷揆曷謀咸逃叢淵孟子離婁篇民之歸仁也猶水之就下獸之走壙也故爲淵敺魚者獺也爲叢敺爵者鸇也爲湯武敺民者桀與紂也虐后以劉謂以仁格愚人將不謀而從知叢雀淵魚焉虐后謂桀也劉說文殺也楊雄方言秦晉宋衛之間謂殺曰劉

問帝乃降觀下逢伊摯王逸曰帝謂湯也摯伊尹名也言湯

出觀風俗乃憂下民傳選於衆而逢伊尹舉以爲相也○摯音至何條放致罰而黎伏大說王逸曰條鳴條也黎衆也說說喜也言湯行天下之罰以誅於桀放之鳴條之野天下衆民大喜說也

（對）降厥觀于下匪摯孰承謂相湯以成功者非伊尹孰承之也

條伐巢放書湯誓篇伊尹相湯伐桀遂與桀戰于鳴條之野伊訓篇造攻自鳴條朕哉自亳仲虺之誥篇成湯放桀于南巢民用潰厥疣疣于求切贅也以夷于膚夫曷不謠謂鳴條之伐南巢之放如民之癰疽决而膚革平安無不說者也書仲虺之誥篇攸徂之民室家相慶曰徯我后后來其蘇孟子滕文公篇誅其君而弔其民若時雨降民大說

(問)簡狄在臺嚳何宜玄鳥致貽女何喜
王逸曰簡狄帝嚳之妃也玄鳥燕也貽遺也言簡狄侍帝嚳於臺上有飛燕墮遺其卵喜而吞之因生契者也嚳苦篤切帝嚳高辛氏黃帝曾孫也喜協音去聲況也

(對)嚳狄禱禖禖謀杯切說文祭也古者求子祠于高禖契形于胞契私列切說文高辛氏子字與卨同胞音包又音拋說文兒生裹也胡乙鷇之食乙通作鳦玄鳥也鷇居候丘候二切說文鳥子生甫者按簡狄所吞者乙卵即非鷇也字恐當作鷇克角切卵也而怪焉以嘉謂嚳狄禱禖得契於乙鷇何有也史記殷本紀契母曰簡狄有娀氏之女為帝嚳次妃行浴見玄鳥墮其卵簡狄吞之因孕生契詩玄鳥篇天命玄鳥降而生商注簡狄配高辛氏帝帝辛與之祈于郊禖而生契

問 該秉季德厥父是臧 王逸曰該苞也秉持也父謂契也季末也臧善也言湯能包持先人之末德脩其祖父之善業故天祐之以爲民主也子厚之對以該爲蓐收然以下文恒秉季德求之則恒既非人名則該豈人名乎子厚之言亦自相戾也按該兼也言啓能兼大禹之末德也 此兩句是一事、、兩句是問以前啓之稍長

對 該德胤孝 一作考 蓐收于西 該爲蓐收王逸注誤也 爪虎手鉞尸刑以司慝 左傳昭公二十九年少皡氏有四叔曰重曰該曰脩曰熙實能金木及水使該爲蓐收世不失職遂濟窮桑注蓐收金正也該能治其官使不失職濟成少皡之功山海經西方蓐收金神也左耳有毒蛇乘兩龍面目有毛虎爪執鉞國語虢公夢在廟有神人面白毛虎爪執鉞立於西阿公覺召史嚚古之史嚚曰如

君之言則蓐收也天之刑神也所取者本此

問胡終弊于有扈牧夫牛羊王逸曰有扈澆國名澆滅夏后相相遺腹子曰少康後爲有仍牧正典主牛羊遂攻殺澆滅有扈復禹舊跡祀夏配天也按尚書甘誓序啓與有扈戰于甘之野則滅有扈者啓也非少康也又左傳襄公四年少康滅澆于過則滅澆者少康也非有扈也明矣今逸之注以爲少康殺澆滅有扈誤矣此蓋言禹得天下以揖讓而啓用兵以滅有扈氏有扈氏子孫遂爲牧豎也

屈原所問必三矣事可總知矣至有扈、子孫爲牧豎則滅乃問其事何煩問也

對牧正矜矜澆扈爰踣踣蒲墨切僵也逸注非是子厚之對豈非亦承其誤歟

脅 當

問干協時舞何以懷之王逸曰干求也舞務也協和也懷來也言夏后相旣失天下少康幼小復能求得時務調和百姓使之歸巳何以懷來者也

對階干以娛苗華而格不迫以死夫胡狃厥賊狃女久切相狎也尚書大禹謨篇三旬苗民逆命帝乃誕敷文德舞干羽于兩階七旬有苗格

問平脅曼膚一作受平曼膚何以肥之王逸曰言紂爲無道諸侯背畔天下乖離懷憂癯瘦而反形體曼澤獨何以能平脅肥盛乎

對辛后駿狂辛謂紂也駿五駭切童昏也無憂以肥肆湯

寓籀文字

施厥體而克膏于肌、啇寶被躬焚以旗之、史記殷本紀武王伐紂紂兵敗紂走入登鹿臺衣其寶玉之衣赴火而死武王遂以黃鉞斬紂頭懸之太白之旗

問有扈牧豎云何而逢王逸曰言有扈氏本牧豎之人耳因何逢遇而得爲諸侯乎一作其爰何逢擊牀先出其命何從王逸曰言啓攻有扈之時親於其牀上擊而殺之其先人失國之原何所從出之乎

對扈釋于牧力使后之、謂有扈氏釋牧豎而爲諸侯也民仇焉寓焉於虔切安也寓一作寓啓牀以斮、斮側略切斬也謂有扈氏不安

於民故啓擊之於桀而殺之也

問 恒秉季德焉得夫朴牛王逸曰恒常也季末也朴大也言湯常能秉持契之末德脩而弘之天嘉其志出田獵得大牛之瑞也何往營班禄不但還來王逸曰營得也班徧也言湯往田獵不但驅馳往來也還輒以所獲得禽獸徧施惠禄於百姓也

對 殷武踵德爰獲牛之朴朴匹角切說文特牛父也夫惟陋民是胥而丕號以瑞卒營而班民心是市

問 昏微循迹有狄不寧王逸曰昏闇也循遵也言人有循闇微之道爲淫泆夷狄之行不可以安其身也謂晋大夫解居父也何繁鳥

萃棘負子肆情王逸曰言解居父聘乎吳過陳之墓門見婦人負其子欲與之淫泆肆其情欲婦人則引詩刺之曰墓門有棘有鴞萃止故曰繁鳥萃棘也墓門有棘雖無人棘上猶有鴞獨不愧也

對解父狄淫遭慼以赧解胡買切父方武切赧乃板切面愧赤也言解父有夷狄淫泆之行也遭愿慼之婦寧有不愧赧也謂彼中之不目而徒以色視劉向列女傳陳辯女者陳國採桑之女也晉大夫解居使於宋道過陳遇採桑之女止而戲之曰女爲我歌吾將過舍女乃歌墓門之一章又曰爲我歌其二乃歌其二章大夫曰其棘則是其鴞安在女曰陳小國也攝乎大國之間因之以饑饉加之以師旅其人且亡而况鴞乎大夫乃服而釋之

問

眩弟並淫危害厥兄王逸曰眩惑也厥其也言象爲舜弟眩惑其父母共爲淫泆之惡欲其危害舜也兄協音去聲

何變化以作詐後嗣而逢長王逸曰言象欲殺舜變化其態內作姦謀使舜治廩從下焚之令舜浚井從上寘之終不能害舜舜爲天子封象於鼻而後嗣之子孫長爲諸侯

對

象不兄龔龔居容切集韻與恭同說文肅也而奮以謀奮一作肆

蓋聖孰凶怒嗣用紹厥愛劉向列女傳瞽叟與象謀殺舜使舜塗廩瞽叟焚廩使浚井格其入出從掩舜舜潛出孟子萬章篇仁人之於弟也不藏怒焉不宿怨焉親愛之而已親之欲其貴也愛之欲其富也封之有庳富貴之也謂象雖

肆害舜之謀而舜不藏怒又封之有庳以紹厥愛也

問成湯東巡有莘爰極王逸曰有莘國名也爰於也極至也言湯東巡狩至有莘國以爲婚姻也何乞彼小臣而吉妃是得王逸曰小臣謂伊尹也言湯東巡從有莘氏乞匄伊尹因得吉善之妃以爲內輔也

對莘有玉女湯巡爰獲既內克厥合而外弼干德伊知非妃伊之知臣曷以不識對之謂湯東巡狩而得有莘氏之女則有之乞彼小臣而吉妃是得爲不然也

問水濵之木得彼小子夫何惡之媵有莘

之婦王逸曰小子謂伊尹媵送也言伊尹母妊身夢神女告之曰臼竈生鼃急去無顧居無幾何臼竈中有生鼃母去東走顧視其邑盡爲大水母因溺死化爲空桑之林水乾之後有小兒啼水涯人取養之既長大有殊才有莘惡伊尹從木中出因以送女也

(對)胡木化于母以蝎厥聖蝎胡葛切木中蠹蝕又許竭切喙鳴不良喙竹救切說文口也謾以詭正盡邑以墊墊都念切溺也孰譯彼夢譯夷益切傳言也事見列子注見前對之意以爲不然謂爲是說者是蠹亂厥聖詭說害正未有盡邑以墊而伊尹生也

(問)湯出重泉夫何辠尤王逸曰重泉地名也言桀拘湯於重

泉而復出之夫何不勝心伐帝夫誰使挑用法之不審也之王逸曰帝謂桀也言湯不勝衆人之心而以伐桀誰使桀先挑〻之也挑徒了切倉頡篇挑招呼也或音他凋切撓也

對湯行不類重泉是因重傳容切前漢志左馮翊有重泉史記桀不務德召湯囚之夏臺違虐立辟辟婢亦切法也實罪德之由謂湯之行與桀異桀故囚之師憑怒以剖癸挑而讐謂湯從衆欲以剖正有夏桀實有以啓之非湯之所忍爲

問會鼂爭盟何踐吾期王逸曰言武王將伐紂紂使膠鬲視武王師膠鬲問曰欲以何日至殷武王曰以甲子日膠鬲還報紂會天大雨道難武

王晝夜行或諫曰雨甚軍士苦之請且休息武王曰吾許膠鬲以甲子日至殷今報紂矣吾甲子日不到紂必殺之吾故不敢休息欲救賢者之死也遂以甲子日朝誅紂不失期也鼂與朝同詩會朝清明書牧誓篇時甲子昧爽武王朝至于商郊牧野乃誓

蒼鳥羣飛孰使萃之王逸曰蒼鳥鷹也萃集也言武王伐紂將帥勇猛如鷹鳥羣飛誰使武王集聚之者乎詩云維師尚父時維鷹揚是也

對 膠鬲比⿱敄豕鬲音隔又音歷商之賢臣也比毗至切近也⿱敄豕疑當作⿱敄方音鼈說文剥也劃也雨行踐期捧盎救灼盎於浪切盆也仁興以畢隨鷹之咸同得使萃之

問 到擊紂躬叔旦不嘉王逸曰旦周公名也嘉美也言武王

始至孟津八百諸侯不期而到皆曰紂可伐也白魚入于王舟羣臣咸曰休哉周公曰雖休勿休故曰叔旦不嘉也新添楚詞贅說曰呂望周公親相武王率師以伐紂心非不同也師至河上甚雨疾雷周公引軍而止之太公曰君何不馳也周公曰天時不順龜燋不兆占筮不吉妖而不祥何星變又凶何可馳也故曰叔旦不嘉

親揆發足周之命以咨嗟王逸曰揆度也言周公於孟津揆度天命發足還師而歸當此之時周公之命令已行天下百姓咨嗟嘆而美之也周少隱曰言周公何爲始親揆度天命以告武王發而卒乃足成周之命令以殺商受且又咨嗟自嘆耶夫湯放桀武王伐紂其事一也孔子之論韶武獨以武爲未盡善而不及湯豈非湯嘗引過自咎以予有慙德且恐來世以台爲口實則所以杜百

世之亂者猶未忘也武王獨未有一言及此周公所以不嘉豈無其意哉周公之於紂則君也於武王則親也周公豈固狥愛親之私心而滅君臣之大義哉爲天下計也至於足周伐商之命而終於克商者乃以是耳原之言有及於此因疑以問之亦足以見其能明周公之心矣

對頭紂黃鉞史記周本紀武王以黃鉞斬紂頭懸之太白之旗旦孰喜之民父有釐嗟以美之周公雖幸武王應天順人欽福錫命而咨嗟之詞雖美之而實戒之也考之周書其詳可得而推矣

問授殷天下其位安施王逸曰言天地始授殷家以天下其王德位安所施用乎善施若湯也反成乃亡其罪伊何王逸

其翼

曰言殷王位已成反覆亡之其罪惟何乎罪若紂也

對位庸庇民仁克莅之紂淫以害師殛圮之謂武王之仁足以庇民而紂之不道衆所共棄也○圮部鄙切圮毀也

問爭遣伐罷何以行之王逸曰伐罷攻伐之罷也言武王伐紂發遣干戈攻伐之罷爭先在前獨何以行之乎並驅擊翼何以將之王逸曰言武王三軍樂戰並載馳載驅赴敵爭先前歌後舞鳧藻讙呼奮擊獨何以將率之也太公六韜曰翼其兩傍疾擊其後擊翼蓋兵法也鳧藻讙呼一作如鳥嗏呼

對咸逭厥死爭徂罷之翼鼓顛禦讙舞靡之

謂天下咸避虐政而干戈攻伐之器皆爭先而行前歌後舞皃藻譁呼奮擊其翼而不自知也諠胡玩切逃也譁一本作譁

靡以合靡之靡非不自知也

問昭后成遊南土爰底王逸曰爰於也底至也言昭王背成王之制而出遊南至於楚楚人沉之而遂不還也厥利惟何而逢彼白雉王逸曰厥其也逢迎也言昭王南遊何以利於楚乎以為越裳氏獻白雉昭王德不能致欲親往逢迎之乎

對水濵翫昭荆陷戮之昭謂周昭王也左傳僖公四年齊侯伐楚管仲曰昭王南征而不復寡人是問楚子曰昭王之不復君其問諸水濵注昭王成王之孫南巡至于楚楚人以膠船載之涉漢船壞而溺史記昭王之時王道微缺南巡不返卒

於江上其卒不赴告諱之也繆迂越裳嶀肯雉之後漢書交趾之南有越裳國周公居攝越裳重譯而獻白雉昭王不顧其德不能致乃南巡狩欲親迂越裳而求白雉焉

問穆王巧梅穆謂周穆王也梅亡改切其字從手楊雄方言貪也集韻梅毋罪切慙也揔毋海切貪也諸本作梅釋文每每磊切其字從木傳寫誤耳夫何爲周流王逸曰梅貪也言穆王乃巧於辭令貪好攻伐遠征犬戎得四白狼四白鹿自是後夷狄不至諸侯不朝穆乃更巧詞周流而往說之欲以懷來也環理天下夫何索求王逸曰環旋也言王者當修道德以來四方穆王何爲乃周旋天下而求索之乎

對穆懵祈招懵毋亘切不明也招常搖切又音招逸詩篇名祈父周之司馬世掌甲兵之職招其名也左傳昭公十二年穆王欲肆其志周行天下將必有車轍馬迹焉祭公謀父作祈招之詩以止王心是以獲没於祇宮猖洋以游輪行

九野惟怪之謀史記穆王得驥溫驪驊騮騄耳之駟西巡狩樂而忘歸

胡紿娭載勝之獸觴瑤池以迭謠紿徒愷切欺也載音戴禮記載與戴同山海經西王母狀如人狗尾蓬頭載勝善嘯居泑水之涯前漢司馬相如大人賦吾乃今日覩西王母皬然白首載勝而穴處兮注勝婦人首飾也穆天子傳天子見西王母觴于瑤池之上西王母為王謠曰白雲在天山陵自出道理脩遠山川間之將子無死尚能復來天子荅曰予歸東土和治諸夏萬民平均吾顧見汝此所謂之迭謠

也按列子載穆王肆意遠遊命駕八駿之乘馳驅千里至於巨蒐氏乃獻白鵠之血以飲王其牛馬之湩以洗王之足遂宿于崑崙之阿觀皇帝之宮遂賓于西王母觴于瑶池之上西王母為王謡王和之其詞哀焉此對問之所交譏也

問妖夫曳衒何號乎市

王逸曰妖怪也號呼也昔周幽王前世有童謡曰檿弧箕服寔亡周國後有夫婦賣是器以為妖怪執而曳戮之於市也

周幽誰誅焉得夫褒姒

褒姒周幽王后也史記周本紀昔夏之衰有二神龍止於夏庭而言曰余褒之二君也夏帝卜請其漦而藏之於是龍亡而漦在櫝而弃之傳至三代莫敢發至厲王之末發而觀之漦流于庭化為玄黿以入王宮後宮童妾既齔而遭之既笄而孕無夫而生子懼而棄之宣王之時童女謡

鱗一作鰥

曰檿弧箕服實亡周國於是聞之有夫婦賣是器者使執而戮之逃於道而見鄉者後宮童妾所棄妖子哀而收之亡犇於褒褒人有罪請入童妾所棄女子者於王以贖罪是為褒姒王見而愛之生子伯服竟廢申后以褒姒爲后後西夷犬戎遂殺幽王驪山下

（對）孺賊厥誂爰檿其弧檿於篳切山桑木也弧音胡木弓也幽禍挐以夸幽謂幽王也挐女居切牽引也憚褒以漁淫嗜蔑殺蔑莫結反諫尸謗屠孰鱗漦以徵漦音癡龍吐沫也而化黿是辜黿魚袁切似鼈而大事詳見史記周本紀對問之意蓋罪幽王淫刑嗜殺以自取滅亡未可盡歸之於妖夫化黿之徵也

殺与弒同
齊桓之禍与
弒之異也

問天命反側何罰何佑王逸曰言天地神明降與人之命反側無常善者佑之惡者罰之

對天邈以冢人厶以離厶音私說文姦衺也韓非子曰倉頡造字自營爲厶通作私一作厶伊堯切小也厶當作幺胡克合厥道而詰彼尤違

問齊桓九會卒然身殺王逸曰言齊桓公九合諸侯一匡天下任豎刁易牙子孫相殺蟲流出戶一人之身一善一惡天命無常罰佑之不常也

對桓號其大任屬以傲幸良以九合逮孽而壞謂齊桓九合諸侯震而矜之叛者九國卒至見殺非天道之無常亦其自取然也論

語孔子曰桓公九合諸侯不以兵車九合之說國語兵車之會六乘車之會三史記兵車之會三乘車之會六穀梁傳衣裳之會十有一范甯注莊公十三年會北杏十四年十五年會鄄十六年會幽僖公元年會檉二年會貫三年會陽穀五年會首戴七年會甯毋九年會葵丘凡十一會不取北杏及陽穀爲有力也孫明復尊王發微桓公之會十有五范甯所言之外僖公八年會洮十三年會鹹十五年會牡丘十六年會淮是也孔子止言其九者蓋十三年會北杏桓始圖伯其功未見十四年會鄄又是伐宋諸侯會洮會鹹會牡丘會淮皆有兵車也故止言其會之盛者九焉

問彼王紂之躬孰使亂惑王逸曰惑妲巳也何惡輔弼讒諂是服王逸曰服事也言紂惡輔弼不用忠直之言而專用

讒諂之人也

對紂無誰使惑惟志爲首逆圖倒視輔讒以僇寵諸本多無僇字

問比干何逆而抑沈之王逸曰比干聖人紂諸父也諫紂紂怒乃殺之剖其心也雷開何順而賜封之王逸曰雷開佞臣也阿順於紂乃賜之金玉而封之也○或作而賜封之金

對干異召死劉向新序紂作炮烙之刑比干曰主暴不諫非忠臣也畏死不言非勇士也見過則諫不用則死忠之至也遂諫三日不去朝紂囚而殺之史記殷本紀紂愈淫亂比干曰爲人臣者不得不以死爭廼狂諫紂紂怒曰吾聞聖人心有七竅剖比干

芮鞫見詩公劉末章此注誤

以觀其心

雷濟克后謂紂自惑亂棄賢用讒比干諫而死雷開佞而用之也

問何聖人之一德卒其異方王逸曰聖人謂文王也卒終也言文王仁聖能純一其德則天下異方終皆歸之也

梅伯受醢箕子佯狂王逸曰梅伯紂諸侯也言梅伯忠直而數諫紂紂怒乃殺之葅醢其身箕子見之則被髮佯狂也梅音浼紂諸侯號醢音海肉醬

對文德邁以被芮鞫順道謂文王之德純一虞芮質厥成而天下無異志也文謂文王也芮如鋭切謂虞芮也鞫居六切說文窮理罪人也詩大雅綿之八章虞芮質厥成注虞芮之君爭田久而不平乃相謂曰西伯仁人也盍往質焉乃相與朝周入其境則耕者讓畔行者讓路入其邑男女異路班白不持挈入其朝士讓爲大夫大夫

大夫讓爲卿二國之君感而相謂曰我等小人不可以履君子之庭乃相讓以其所爭田爲閑田而退天下聞而歸者四十餘國

醢梅奴箕淮南子俶真訓桀紂燔生人辜諫者醢鬼侯之女葅梅伯之骸史記紂爲淫泆箕子諫不聽乃被髮佯狂爲奴遂隱而鼓琴以自悲

忠咸喪以醜厚此兩語疑當與前紂讒諂是服事文理相屬對亦隨問意耳

問稷維元子帝何篤之王逸曰元大也帝謂天帝也篤厚也言后稷之母姜嫄出見大人之迹怪而履之遂有娠而生后稷后稷生而仁賢天帝獨何以厚之乎篤一作竺爾雅竺厚也與篤同

投之于冰上鳥何燠之王逸曰投棄也燠溫也言姜嫄以后稷無父而生棄之於冰上有鳥以翼

覆薦温之以爲神乃取而養之詩曰朱子曰竺當爲祝
誕寘之寒氷鳥覆翼之燠音郁熱也

對棄靈而功篤胡爽焉棄后稷名詩生民篇厥初生民時維姜嫄
生民如何克禋克祀以弗無子履帝武敏歆
攸介攸止載震載肅載生載育時維后稷誕
彌厥月先生如達以赫厥靈上帝不寧不康
禋祀居然生子誕寘之隘巷牛羊腓字之誕
寘之平林會伐平林誕寘之寒氷鳥覆翼之
鳥乃去矣后稷呱矣史記周本紀后稷其毋
有邰氏曰姜嫄爲帝嚳妃出野見巨人跡心
忻然説欲踐之踐之而身動如孕者居期而
生子以爲不祥初欲棄之因名曰棄翼氷以炎盍崇長焉

問何馮弓挾矢殊能將之王逸曰馮大挾持也言后稷長
持大強弓挾箭矢桀然有殊異將相之文
才此與下文相屬憑如上文馮珧之馮言

武王多材多藝能馮弓挾矢而將之以殊能者武王也子厚引詩以對承逸之誤也

旣驚帝切激何逢長之王逸曰帝謂紂也言武王能奉承后稷之業致天罰加誅於紂切激而數其過何逢後世繼嗣之長也○切一本作功

（對）旣岐旣嶷嶷一作凝魚力切詩克岐克嶷小兒有知識之貌宜庸將焉紂凶以啓武紹尚焉謂紂有凶德武王能紹后稷之業也

（問）伯昌號衰秉鞭作牧王逸曰伯昌謂文王也秉執也鞭以馭政言紂號令既衰文王執鞭持政爲雍州之牧也何令徹彼岐社命有殷之國王逸曰徹壞也社土地之主也言武王既誅紂令壞邠岐之社言已受天命而有殷國徙以爲天下大社也

對伯鞭于西尚書西伯戡黎正義曰西伯文王也時國于岐封爲雍州伯國在西故曰西伯史記殷紀紂以西伯為三公賜弓矢斧鉞使得專征伐化江漢

滸滸音虎說文水厓也詩漢廣篇文王之道被于南國美化行乎江漢之域易岐

社以太太音泰岐在右扶風美陽中水鄉禮記曰王爲羣姓之社曰太社岐嘗有社矣至武王誅紂然後能易岐社以爲太社因岐山以名太王自豳徙焉國之命

以祚武謂文王之秉政化行乎江漢之國易岐社以正天命也

問遷藏就岐何能依王逸曰言文王始與百姓徙其寶藏來就岐下何能使其民依倚而隨之也朱子曰太王也

對踰梁橐囊羶仁蟻萃謂民歸文王如蟻慕羶也詩公劉篇迺積

迺倉迺裹餱糧于橐于囊孟子梁惠王篇昔
者太王居邠狄人侵之事之以皮幣犬馬珠
玉不得免焉邠人曰仁人也不可失也從之
者如歸市嚴有翼曰公劉之居邠也居者有
積倉行者有裹糧至太王爲狄人所侵去邠
喻梁山邑于岐山之下居焉則遷藏就岐乃
王迹之所化也故歸市之衆如蟻之慕羶
也莊子徐無鬼篇蟻慕羊肉羊肉羶也

問殷有惑婦何所譏
王逸曰惑婦謂妲已
也譏諫也言妲已惑
誤於紂不可
復譏諫也

對妲滅淫商痛民以亟去
妲丹達切紂妃妲
已也痛音敷又普
吳切病也亟訖力切疾也國語殷辛伐有蘇
有蘇氏以妲已女焉殷辛惑之毒痛四海故
民皆
亟去

問受賜茲醢西伯上告王逸曰茲此也西伯文王也言紂醢梅伯以賜諸侯文王受之以祭告語於上天也何親就上帝罰殷之命以不救王逸曰上帝謂天帝也言天帝親致紂之罪罰故殷之命不可復救也一作上帝之罰

對肉梅以頒烏不台訴烏恐作曷台音怡我也史記殷本紀紂醢九侯幷脯鄂侯西伯聞之竊嘆紂囚西伯羑里准南子俶真訓紂醢九侯之女葅梅伯之骸孰盈癸惡兵躬殄祀癸疑當作紂按此正言紂事而云癸惡恐傳寫誤也謂紂醢梅伯以賜諸侯西伯所以訴于天此天所以親致紂之罰故殷之命至于絕而不續也○殄與殄同

問師望在肆昌何志王逸曰師望謂太公也昌文王名也言太公在市肆而屠文王何以志知之乎○志一作識鼓刀揚聲后何喜王逸曰后謂文王也言呂望鼓刀在列肆文王親往問之呂望對曰下屠屠牛上屠屠國文王喜載與俱歸也喜協音去也悅也

對牙伏牛漁史記齊世家太公呂望尚者東海上人姓姜氏以漁釣于西伯西伯出獵遇太公於渭陽索隱引譙周曰姓姜名牙戰國策太公望老婦之逐夫朝歌之廢屠淮南子太公之鼓刀注河内汲人有屠釣之困積内以外萌岐目厥心瞭眂顯光瞭盧皎切目明也眂眂與視同謂太公望隱於屠牛漁於渭濱有諸中而形諸外文王以心識之瞭音了周官有眂瞭奮力屠國以胛

髖厥商上髀音陛又必爾切股骨也髖音寬髀上也前漢賈誼傳屠牛坦一朝解十二牛而芒刃不頓者所排擊剥割皆衆理解也至於髖髀之所非斤則斧也注言其骨大故須斤斧也

問武發殺殷何所悒王逸曰言武王發欲誅紂何所悁悒而不能久忍也載尸集戰何所急王逸曰尸主也集會也言武王伐紂載文王木主稱太子發急欲奉行天誅爲民除害也

對發殺昌逞寒民于烹惟栗厥文考而虔子以徂征謂武王伐殷欲拔民於虐焰中在文王則慄慄危懼有所不敢在武王則不敢不欲承文謨以卒此武功也故載文王木主以討紂有所不得已焉也發武王名也

觀其意則說驪姬之譖雖感天抑地故無所畏懼也

栗謂以栗爲主也史記武王東觀兵至于盟津爲文王木主載以車中軍武王自稱太子發言奉文王以伐不敢自專也

問 伯林雉經維其何故 王逸曰伯長也林君也謂晉太子申生爲後母驪姬所譖遂雉經而自殺 何感天抑墬 籀文地字 夫誰畏懼 王逸曰言驪姬譖殺申生其冤感天又說逐羣公子當復誰畏懼也墬一作墜同

對 中譖不列恭君以雉 左傳晉獻公伐驪戎驪戎男女以驪姬歸生奚齊驪姬嬖欲立其子使太子居曲沃姬謂太子曰君夢齊姜必速祭之太子祭於曲沃歸胙于公姬毒而獻之泣曰賊由太子太子奔新城十二月戊申縊于新城國語雉經于新城之廟注雉經頭槍而懸死也禮記曰再拜稽首乃卒是以爲恭世子也 胡螾

訟蟯賊蟦音引又音亂蟦與蚓同蚯蚓也蟦說文云虫側行者蟯音腰又音鐃人腹中虫而以變天地以蟦蟯二虫譬驪姬之譖謂豈讒說何以變天地也

問皇天集命惟何戒之王逸曰言皇天集祿命而生與王者王者何不常畏慎而戒懼也受禮天下又使至代之王逸曰言王者既循行禮義受天之命而王有天下矣又何爲至使他姓代之乎

對天集厥命惟德受之亂怠以棄天又祐之謂皇天惟相有德以集厥命後世子孫不能恐懼以自棄則將祐下民而作之君所不免也

問初湯臣摯後茲承輔王逸曰言湯初舉伊尹以爲凡臣耳

後知其賢乃以備輔翼承疑用其謀也 何卒官湯尊食宗緒王逸曰卒終也緒業也言伊尹佐湯命終爲天子尊其先祖以王者禮樂祭祀緒業流于子孫者乎

朱子曰旹如旹つ〻適之官

對 湯摯之合祚以久食昧始以昭末克庸成績 摯伊尹名也

問 勳闔夢生少離散亡 王逸曰勳功也闔廬祖父壽夢壽夢卒太子諸樊立諸樊卒傳弟餘祭餘祭卒傳弟夷末夷末卒太子王僚立闔廬諸樊之長子也怨不得爲王少離散亡放在外乃使專諸刺王僚代爲吳王子孫世盛也伍子胥爲將大有功勳也 何壯武厲能流厥嚴

王逸曰壯大也言闔廬少小離亡何能壯大厲其勇武流其威也

對光徵夢祖光謂吳公子光即闔廬也夢莫公切謂壽夢也史記吳世家吳自太伯十九世至壽夢始益大稱王壽夢卒長子諸樊立卒傳至王僚立公子光者諸樊之子也常以爲光父先立當傳至光乃陰納勇士專諸弑僚而代立是爲吳王闔廬也

憾離以厲彷徨激霞彷蒲黃切徨音皇而勇益德邁闔廬名光壽夢之孫也言闔廬少小被放於外不得立及其壯大終能厲其武勇以大吳國也

問彭鏗斟雉帝何饗王逸曰彭鏗彭祖也好和滋味善斟雉羹能事帝堯帝堯美而饗食之鏗丘耕切饗叶音香歆也受壽永多夫

何久長王逸曰言彭祖進雉羮於堯堯饗食之以壽考彭祖至八百歲猶自悔其不壽恨枕高而唾遠也神仙傳彭祖姓籛名鏗帝顓頊之玄孫善養性能調鼎進雉羮於堯堯封於彭城歷夏經商至周年七百六十七歲而不衰籛音翦

（對）鏗羮于帝聖孰嗜味夫死自暮而誰饗以俾壽謂王逸所注爲無是理也

（問）中央共牧后何怒王逸曰牧草名也后君也言中央之洲有岐首之蛇爭共食牧草之實自相啄嚙以喻夷狄相與忿爭君上何故當怒之乎

蠭蛾微命力何固王逸曰言蠭蛾有蜂蠆之蟲受天命負力堅固屈原以喻蠻夷自相毒蠆固其常也獨當憂秦吳耳（新添）楚辭贅說曰王逸注無所

據引不可信原意謂中央者中國也共牧者共九州之牧也若使中國共牧無所戰爭則君何怒而有討乎今蠭蟻微命而好爭其力甚固蓋蠭有毒而蟻好鬬故也以喻上失其政九州無牧諸侯戰爭不可禁止以識當時之事耳或謂原因見楚之宗廟有歧首之虵如今古祠中多畫毒虵怪物之類者故因以諷焉不可知也蠭音峯蟻或作蛾蛾古蟻字蛅音若痛也

對螝蠥巳毒螝胡對切說文蠭蛹也古今字詁螝古虺字韓非子虫有螝者一身兩口爭食相齕遂相殺也蠥倪結切噬也不以外肆細腰羣螫螫式亦切蟲行毒也博物志細腰蜂無雌雄之類取桑虫及阜螽之子抱而爲巳子也夫何足病

問 驚女采薇鹿何祐王逸曰祐福也言昔者有女子采薇菜有所驚而走因獲得鹿其家遂昌熾蒙天祐之北至回水萃何喜王逸曰萃止也言女子驚而北走至於回水之上止而得鹿遂有福喜也

對 萃回偶昌鹿曷祐以女對以為避禍得鹿亦偶然耳

問 兄有噬犬弟何欲王逸曰兄謂秦伯也噬犬齧犬也弟秦伯弟鍼也言秦伯有齧犬弟鍼欲請之易之以百兩卒無祿王逸曰言秦伯不肯與弟鍼犬鍼以百兩金易之而又不聽因逐鍼而奪其祿也

對 鍼欲兄愛以快侈富愈多厥車卒逐以旅元注問云百兩蓋謂車也王逸以為百兩金誤也鍼其鹽切秦后子也兩車亮車數也春

秋昭公元年夏秦伯之弟鍼出奔晉左傳罪秦伯也晉國語秦后子來仕其車千乘后子即鍼也

(問)薄暮雷電歸何憂王逸曰言屈原書壁所問略訖日暮欲去時天大雨雷電思念復至自解曰歸何憂乎薄暮喻年將老也雷電喻君暴惡也歸何憂者自寬之辭也厥嚴不奉帝何求王逸曰言楚王惑信讒佞其威嚴當日墮不可復奉成雖從天帝求信神無如之何伏匿穴處爰何云王逸曰爰於也云言也吾將退於荊江濵伏匿穴處耳當復何言乎荊勳作師夫何長先王逸曰荊楚也師衆也勳功也初楚邊邑處女與吳邊邑處女爭採桑於境上相傷二家怒而相攻於是楚爲此興師攻滅吳之邊

狠一作很
前同

邑而怨始有功時屈原又諫言我先爲不直怒不可長久也一無先字史記吳世家吳王僚九年公子光伐楚拔居巢鍾離取兩都而去言楚雖有功吳復伐楚非長久之策也此楚平王時事悟過改更我又何屈原微往事以諷耳

言王逸曰欲使楚王覺悟也

對咨吟于野胡若之狠狠戾也○狠戶懇切嚴墜誼殄丁厥任閔原當此禮義消亡之時也合行違匿固若所呷嚘呷音伊嚘音憂呷嚘嘆也忿毒意誰與謂原伏匿草野尚與與詞致憤欲何爲也醜齊徂秦啗厥詐讒啗徒濫切與啖同説文食也登狡庸咈以施咈甫物切違也甘恬禍凶亟鋤夷愎不

可化徒若罷謂楚懷王之時秦欲伐齊與楚從親惠王患之乃令張儀厚幣事楚絕齊願獻商於之地六百里楚懷王貪而信張儀遂絕齊使使如秦受地張儀詐之曰儀與王約六里不聞六百里懷王怒舉兵伐秦大敗於丹陽明年秦割漢中地與楚以和時秦昭王欲與懷王會王欲行屈原諫之曰秦虎狼之國不可信不如無行懷王信子蘭言竟行遂死于秦此對之意所以詳言用原當日諫之不聽以至於斯云爾愎弼力切狠也罷讀曰疲勞也

問吳光爭國久余是勝王逸曰光闔廬名言吳與楚相伐至於闔廬之時吳兵入郢都昭王出奔故曰吳光爭國久余是勝言大勝我也

對闔綽厥武滋以侈頹闔謂吳王闔廬也楚昭王十年吳王闔廬

伐楚楚大敗
吴兵遂入郢

問何環穿自閭社丘陵爰出子文王逸曰子文楚令尹也子文之母鄖公之女旋穿閭社通於丘陵以淫而生子文棄之夢中有虎乳之以爲神異乃取收養焉楚人謂乳爲鬬謂虎爲於菟名鬬穀於菟字子文長而有賢人之才也一作何環閭穿社以及丘陵是淫是蕩爰出子文穀如口切於音烏菟音徒

對於菟不可以作怠焉庸歸元注問云爰出子文哀今無此人但任子蘭也左傳宣公四年初若敖娶於鄖生鬬伯比若敖卒從其母畜於鄖淫於鄖子之女生子文焉鄖夫人使棄諸夢中虎乳之鄖子田見之懼而歸夫人以告遂使收之

楚人謂乳爲穀謂虎爲於菟故命之曰鬬穀於菟以其女妻伯比實爲令尹子文

問吾告堵敖以不長王逸曰堵敖楚賢人也屈原放逐時語堵敖曰楚國將衰不復能久長也

對歎吾敖之鬬以旅尸楚人謂未成君而死曰敖堵敖楚文王兄也今哀懷王將如堵敖不長而死以此告之逸注以爲堵敖爲楚賢人大謬按左傳莊公十四年楚子滅息以息嬀歸生堵敖及成王焉楚子文王也莊公十九年杜敖生二十三年成王立杜敖即堵敖也則堵敖乃成王之兄子厚以爲文王兄亦誤矣楚懷王爲秦昭王所詐令會武關強留之要以割地懷王卒死于秦此所謂旅尸也鬬烏葛切塞也止也

問何試上自予忠名彌彰王逸曰屈原言我何敢嘗試君

上自示忠直之名以顯彰後世乎誠以同
姓之故中心懇惻義不能已也□試一作
誠予一
作與
(對)誠君名不尚曷極而辭謂屈原苟無尚名之心則天問曷極
其辭如此□一本云食
姑不失聖人胡往不道

朱子曰舊注之說淺以多淺異閒可功不復能知其所以當
之本意与之以以對之明法至唐柳宗元又作賢以爲理
與之條對然亦學未聞道而詩多衒巧之意於是雜
乎其間以足讀之嘗使人不能無遺恨

河東先生集卷第十四

河東卷十

濟美堂

東吳郭雲
鵬校壽梓